不埋没一本好书，不错过一个爱书人

七楼书店

汪曾祺
文库本

⑥

# 山河故人

汪曾祺 — 著
杨早 — 主编

金城出版社
GOLD WALL PRESS
·北京·

**图书在版编目（CIP）数据**

山河故人/汪曾祺著;杨早主编.—北京:金城出版社有限公司,2024.3
（汪曾祺文库本）
ISBN 978-7-5155-2520-4

Ⅰ.①山… Ⅱ.①汪… ②杨… Ⅲ.①散文集－中国－当代 Ⅳ.①I267

中国国家版本馆CIP数据核字(2023)第184782号

**汪曾祺文库本：山河故人**
WANGZENGQI WENKUBEN: SHANHE GUREN

| 作　　者 | 汪曾祺 |
|---|---|
| 主　　编 | 杨　早 |
| 责任编辑 | 杨　超 |
| 责任校对 | 彭洪清 |
| 责任印制 | 李仕杰 |
| 开　　本 | 880毫米×1280毫米　1/64 |
| 印　　张 | 3.875 |
| 字　　数 | 87千字 |
| 版　　次 | 2024年3月第1版 |
| 印　　次 | 2024年3月第1次印刷 |
| 印　　刷 | 文畅阁印刷有限公司 |
| 书　　号 | ISBN 978-7-5155-2520-4 |
| 定　　价 | 38.00元 |

| 出版发行 | **金城出版社有限公司** 北京市朝阳区利泽东二路3号 邮政编码：100102 |
|---|---|
| 发 行 部 | （010）84254364 |
| 编 辑 部 | （010）64214534 |
| 总 编 室 | （010）64228516 |
| 网　　址 | http://www.jccb.com.cn |
| 电子邮箱 | jinchengchuban@163.com |
| 法律顾问 | 北京植德律师事务所　（电话）18911105819 |

# 出版说明

文库本是源自德国、日本的一种图书出版形式，一般为平装64开，以开本小、易于携带、方便阅读、定价低为主要特点，如日本著名的"岩波文库""新潮文库"等，一般在精装单行本之后发行。能够出版文库本，意味着作品已经深受读者欢迎，出版方希望让更多的人以更简便的方式获得。

汪曾祺的作品非常适合做成文库本。不仅因为其篇幅短小、读者众多，也因为文库本的形式更契合汪曾祺文字闲适、淡雅的气质。

读者现在看到的，便是汪曾祺先生自1949年出版第一本书（小说集《邂逅集》）以来的第一个文库本。

据2020年出版的《汪曾祺全集》统计,汪曾祺一生写下约250万字的作品,以散文(包含随笔、小品文、文艺理论)、小说为主,另有戏剧、诗歌、书信等。文库本分10册,编为小说3册、散文5册、戏剧1册、书信1册,基本涵盖了所有体裁。

汪曾祺的小说共有162篇,约70万字。文库本编入47篇近22万字,辑为第1册《异秉》(早期作品:1940—1962年创作)、第2册《受戒》(中期作品:1979—1986年创作)、第3册《聊斋新义》(晚期作品:1987—1997年创作)。

汪曾祺的散文共有550余篇,约120万字。文库本编入116篇近33万字,辑为第4册《人间草木》(谈草木虫鱼鸟兽)、第5册《人间至味》(谈吃)、第6册《山河故人》(忆师友)、第7册《桃花源记》(游记)、第8册

《自报家门》(说自己)。

汪曾祺的戏剧有19部,约33万字。文库本编入3部近7万字,辑为第9册《沙家浜》。

汪曾祺的书信有293封,约16万字。文库本编入63封近8万字,辑为第10册《写信即是练笔》。

本书使用的文本,以初版本或作者改订本为底本,参校初刊本、作者手稿及手校本等。原文缺字以□代替;可明确的底本误植,由编者径改;底本与他本相抵牾者皆采用现行规范用法。正文中作者原注和编者注均以脚注形式标在当页,编者所做的必要注释以"编者注"字样标出。原文末尾作者未标出写作时间的,统一补充写作或初刊、初版时间。

本书全部文本由李建新审订,他对汪曾祺作品的校勘工作获得了汪先生家人与研究界的普遍认可。

汪曾祺文库本不求面面俱到,不照顾研究

需要,所愿者,是将汪先生最精彩的文本,最适合随时随处阅读的文字,以最适当的篇幅、形式呈现给读者。汪先生曾有言:短,是对现代读者的尊重。文如此,书亦如此。

# 序言

汪曾祺长子汪朗讲过一个小故事:

汪朗女儿汪卉上小学的时候住在爷爷奶奶家。有时汪曾祺施松卿夫妇去崇文门看望老师沈从文,会带着小孙女。去了几回,有一次汪卉在学校写作文,题目便是《到沈从文爷爷家做客》。语文老师看了,很不客气地文后批了一句话:

"写作文要诚实,不要攀附名人!"

现在沈从文汪曾祺师生关系天下知闻,这桩轶事看起来是个笑话。但我曾经讲过《汪曾祺是怎样炼成的》,历数汪曾祺一生中遇到的、成就他的各位师长亲友。他们确实范塑了汪曾祺的成长轨迹。

高邮当然是人生第一站。那些人物与故事，会在《自报家门》里出现。本集的剧情，是从汪曾祺19岁出门远行，经上海、香港、河内至昆明求学开始。

在西南联大，汪曾祺受教于沈从文、闻一多、朱自清、吴宓、金岳霖诸名师，认识了朱德熙、巫宁坤、杨毓珉、萧珊等终生好友，还收获了与外文系女生施松卿的爱情。

汪曾祺是天生的作家。他笔下流出的不仅仅是熟悉的人事，还有他时时观察而得的事迹与印象，像怀才不遇的国文教师陶光、一遇空袭警报就去煮冰糖莲子的郑绵、生物系高才生却英年早逝的蔡德惠……汪曾祺几乎以一己之力，画出了西南联大这所流亡大学的浮世绘。

而20世纪50年代的编辑生涯里，对汪曾祺影响最大的是赵树理、老舍两位前后"领导"。赵树理是山西才子，正在主导新文艺政策的确立与执行。老舍则是有称号的"人民艺术家"。他们都引导了汪曾祺的文艺眼光向民间引申。两人也都赏识汪曾祺。老舍有一次在检查思想的生活会上说："我在市文联只'怕'两个人，一个是端木，一个是汪曾祺。"是说这两人读书多，文笔好。

从张家口下放回京后，也是在联大老同学杨毓珉（汪曾祺帮他写过闻一多课的作业，闻一多说："你比汪曾祺写得还好！"）的帮助下，进了北京京剧团，一直到退休。

汪曾祺在梨园行见过的名伶不计其数。有些轶事，只有他写得出来。比如写张君秋："他这派非常能吃，吃饱了才能唱。演《玉堂春》，已经化好了妆，还来40个饺子。前面崇公道高叫一声：'苏三走动啊！'他一抹嘴，'苦哇！'就上去了。"

总之，透过汪曾祺的眼睛，我们能看见20

世纪中国学术界、文艺界的各色奇人趣事。汪曾祺是温和的,但也有爱吐槽的一面。他最爱的书之一,是《世说新语》,曾说"散文化小说的人像要求神似。轻轻几笔,神完气足。《世说新语》,堪称范本"(《小说的散文化》)。他自己记人述事,也是如此,一两件小事,人物即如在眼前,简笔传神,堪称范本。

杨早

2023年3月

# 目录

我的老师沈从文 001

星斗其文,赤子其人 032

沈从文转业之谜 051

梦见沈从文先生 063

西南联大中文系 066

闻一多先生上课 075

金岳霖先生 080

吴雨僧先生二三事 089

唐立厂先生 094

修髯飘飘 099

晚翠园曲会　　　109

怀念德熙　　　125

未尽才　　　129

蔡德惠　　　137

炸弹和冰糖莲子　　　143

寄到永玉的展览会上　　　146

老舍先生　　　151

赵树理同志二三事　　　160

才子赵树理　　　168

名优逸事　　　174

一代才人未尽才　　　183

裘盛戎二三事　　　195

潘天寿的倔脾气　　　198

谭富英佚事 201

遥寄爱荷华 205

林斤澜!哈哈哈哈…… 219

铁凝印象 224

## 我的老师沈从文

一九三七年,日本人占领了江南各地,我不能回原来的中学读书,在家闲居了两年。除了一些旧课本和从祖父的书架上翻出来的《岭表录异》之类的杂书,身边的"新文学"只有一本屠格涅夫的《猎人日记》和一本上海一家野鸡书店盗印的《沈从文小说选》。两年中,我反反复复地看着的,就是这两本书。所以反复地看,一方面是因为没有别的好书看,一方面也因为这两本书和我的气质比较接近。我觉得这两本书某些地方很相似。这两本书甚至形成了我对文学,对小说的概念。我的父亲见我反复地看这两本书,就也拿去看。他是看过

《三国》《水浒》《红楼梦》的。看了这两本书，问我："这也是小说吗？"我看过林琴南翻译的《说部丛刊》，看过张恨水的《啼笑因缘》，也看过巴金、郁达夫的小说，看了《猎人日记》和沈先生的小说，发现：哦，原来小说是可以这样的，是写这样一些人和事，是可以这样写的。我在中学时并未有志于文学。在昆明参加大学联合招生，在报名书上填写"志愿"时，提笔写下了"西南联大中国文学系"，是和读了《沈从文小说选》有关系的。当时许多学生报考西南联大都是慕名而来。这里有朱自清、闻一多、沈从文。——其他的教授是入学后才知道的。

沈先生在联大开过三门课："各体文习作""创作实习"和"中国小说史"。"各体文习作"是本系必修课，其余两门是选修，我是都选了的。因此一九四一、四二、四三年，我都上过沈先生的课。

"各体文习作"这门课的名称有点奇怪，但倒是名副其实的，教学生习作各体文章。有时也出题目。我记得沈先生在我的上一班曾出过"我们小庭院有什么"这样的题目，要求学生写景物兼及人事。有几位老同学用这题目写出了很清丽的散文，在报刊上发表了，我都读过。据沈先生自己回忆，他曾给我的下几班同学出过一个题目，要求他们写一间屋子里的空气。我那一班出过什么题目，我倒都忘了。为什么出这样一些题目呢？沈先生说：先得学会做部件，然后才谈得上组装。大部分时候，是不出题目的，由学生自由选择，想写什么就写什么。这课每周一次。学生在下面把车好、刨好的文字的零件交上去。下一周，沈先生就就这些作业来讲课。

说实在话，沈先生真不大会讲课。看了《八骏图》，那位教创作的达士先生好像对上课很在行，学期开始之前，就已经定好了十二次演讲的内容，你会以为沈先生也是这样。事实上全不是那回事。他不像闻先生那样：长髯垂胸，双目炯炯，富于表情，语言的节奏性很强，有很大的感染力；也不像朱先生那样：讲解很系统，要求很严格，上课带着卡片，语言朴素无华，然而扎扎实实。沈先生的讲课可以说是毫无系统——因为就学生的文章来谈问题，也很难有系统，大都是随意而谈，声音不大，也不好懂。不好懂，是因为他的湘西口音一直未变——他能听懂很多地方的方言，也能学说得很像，可是自己讲话仍然是一口凤凰话；也因为他的讲话内容不好捉摸。沈先生是个思想很流动跳跃的人，常常是才说东，忽而又说西。甚至他写文章时也是这样，有时真会离题万里，不知说到哪里去了，用他自己的话说，是"管不住手里的笔"。他的许多小说，结构很均匀缜密，那是用力"管"住了笔的结果。他的思想的跳动，给他的小说带来了文体上的灵活，对讲课可不利。沈先生真不是个长于逻辑思维的人，他从来不讲什么理论。他讲的都是自己从刻苦的实践中摸索出来的经验之谈，没有一句从书本上抄来的话。——很多教授只会抄书。这些经验之谈，如果理解了，是会终身受益的。遗憾的是，很不好理解。比如，他经常讲的一句话是："要贴到人物来写。"这句话是什么意思呢？你可以作各种深浅不同的理解。这句话是有很丰富的内容的。照我的理解是：作者对所写的人物不能用俯视或旁观的态度。作者要和人物很亲近。作者的思想感情，作者的心要和人物贴得很紧，和人物一同哀乐，一同感觉周围的一切（沈先生很喜欢用"感觉"这个词，他老是要学生训练自己的感觉）。什么时候你"捉"不住人物，和人物离得远了，你就只好写一些似是而非的空话。一切从属于人物。写景、叙事都不能和人物游离。景物，得是人物所能感受得到的景物。得用人物的眼睛来看景物,用人物的耳朵来听,人物的鼻子来闻嗅。《丈夫》里所写的河上的晚景,是丈夫所看到的晚景。《贵生》里描写的秋天,是贵生感到的秋天。写景和叙事的语言和人物的语言(对话)要相协调。这样,才能使通篇小说都渗透了人物,使读者在字里行间都感觉到人物——同时也就感觉到作者的风格。风格,是作者对人物的感受。离开了人物,风格就不存在。这些,是要和沈先生相处较久,读了他许多作品之后,才能理解得到的。单是一句"要贴到人物来写",谁知道是什么意思呢?又如,他曾经批评过我的一篇小说,说:"你这是两个聪明脑袋在打架!"让一个第三者来听,他会说:"这是什么意思?"我是明白的。我这篇小说用了大量的对话,我尽量想把对话写得深一点,美一点,有诗意,有哲理。事实上,没有人会这样的说话,就是两个诗人,也不会这样的交谈。沈先生这句话等于说：这是不真实的。沈先生自己小说里的对话，大都是平平常常的话，但是一样还是使人感到人物，觉得美。从此，我就尽量把对话写得朴素一点，真切一点。

沈先生是那种"用手来思索"的人[1]。他用笔写下的东西比用口讲出的要清楚得多，也深刻得多。使学生受惠的，不是他的讲话，而是他在学生的文章后面所写的评语。沈先生对学生的文章也改的，但改得不多，但是评语却写得很长，有时会比本文还长。这些评语有的是就那篇习作来谈的，也有的是由此说开去，谈到创作上某个问题。这实在是一些文学随笔。往往有独到的见解，文笔也很讲究。老一辈作家大都是"执笔则为文"，不论写什么，哪怕是写一个便条，都是当一个"作品"来写的。——这样才能随时锻炼文笔。沈先生历年

---

1　巴甫连科说作家是用手来思考的。

写下的这种评语,为数是很不少的,可惜没有一篇留下来。否则,对今天的文学青年会是很有用处的。

除了评语,沈先生还就学生这篇习作,挑一些与之相近的作品,他自己的,别人的——中国的外国的,带来给学生看。因此,他来上课时都抱了一大堆书。我记得我有一次写了一篇描写一家小店铺在上板之前各色各样人的活动,完全没有故事的小说,他就介绍我看他自己写的《腐烂》(这篇东西我过去未看过)。看看自己的习作,再看看别人的作品,比较吸收,收效很好。沈先生把他自己的小说总集叫作《沈从文小说习作选》,说这都是为了给上创作课的学生示范,有意地试验各种方法而写的,这是实情,并非故示谦虚。

沈先生这种教写作的方法,到现在我还认为是一种很好的方法,甚至是唯一可行的方法。我倒希望现在的大学中文系教创作的老师也来试试这种方法。可惜愿意这样教的人不多；能够这样教的，也很少。

"创作实习"上课和"各体文习作"也差不多，只是有时较有系统地讲讲作家论。"小说史"使我读了不少中国古代小说。那时小说史资料不易得，沈先生就自己用毛笔小行书抄录在昆明所产的竹纸上，分给学生去看。这种竹纸高可一尺，长约半丈，折起来像一个经卷。这些资料，包括沈先生自己辑录的罕见的资料，辗转流传，全都散失了。

沈先生是我见到的一个少有的勤奋的人。他对闲散是几乎不能容忍的。联大有些学生，穿着很"摩登"的西服，头上涂了厚厚的发蜡，走路模仿克拉克·盖博[1]，一天喝咖啡、参加舞会，无所事事。沈先生管这种

---

1  克拉克·盖博是二十世纪三十到四十年代的美国电影明星。

学生叫"火奴鲁鲁"——"哎,这是个火奴鲁鲁[1]!"他最反对打扑克,以为把生命这样地浪费掉,实在不可思议。他曾和几个作家在井冈山住了一些时候,对他们成天打扑克很不满意,"一天打扑克——在井冈山这种地方!哎!"除了陪客人谈天,我看到沈先生,都是坐在桌子前面,写。他这辈子写了多少字呀。有一次,我和他到一个图书馆去,在一排一排的书架前面,他说:"看到有那么多人写了那么多的书,我真是什么也不想写了。"这句话与其说是悲哀的感慨,不如说是对自己的鞭策。他的文笔很流畅,有一个时期且被称为多产作家,三十年代到四十年代,十年中他出了四十个集子,你会以为他写起来很轻易。事实不是那样。除了《从文自传》是一挥而就,写

---

[1] 火奴鲁鲁即檀香山。至于沈先生为什么把这样的学生叫作"火奴鲁鲁",我到现在还不明白。

成之后，连看一遍也没有，就交出去付印之外，其余的作品都写得很艰苦。他的《边城》不过六七万字，写了半年。据他自己告诉我，那时住在北京的达子营，巴金住在他家。他那时还有个"客厅"。巴金在客厅里写，沈先生在院子里写。半年之间，巴金写了一个长篇，沈先生却只写了一个《边城》。我曾经看过沈先生的原稿（大概是《长河》），他不用稿纸，写在一个硬面的练习本上，把横格竖过来写。他不用自来水笔，用蘸水钢笔（他执钢笔的手势有点像执毛笔，执毛笔的手势却又有点像拿钢笔），这原稿真是"一塌糊涂"，勾来划去，改了又改。他真干过这样的事：把原稿一条一条地剪开，一句一句地重新拼合。他说他自己的作品是"一个字一个字地雕出来的"，这不是夸张的话。他早年常流鼻血。大概是因为血小板少，血液不易凝固，流起来很难止住。有时夜里写作，鼻血流了一大摊，邻居发现他伏在血里，以为他已经完了。我就亲见过他的沁着血的手稿。

因为日本飞机经常到昆明来轰炸，很多教授都"疏散"到了乡下。沈先生也把家搬到了呈贡附近的桃源新村。他每个星期到城里来住几天，住在文林街教员宿舍楼上把角临街的一间屋子里，房屋很简陋。昆明的房子，大都不盖望板，瓦片直接搭在椽子上，晚上从瓦缝中可见星光、月光。下雨时，漏了，可以用竹竿把瓦片顶一顶，移密就疏，办法倒也简便。沈先生一进城，他这间屋子里就不断有客人。来客是各色各样的，有校外的，也有校内的教授和学生。学生也不限于中文系的，文、法、理、工学院的都有。不论是哪个系的学生都对文学有兴趣，都看文学书，有很多理工科同学能写很漂亮的文章，这大概可算是西南联大的一种学风。这种学风，我以为今天应该大力地提倡。沈先生只要进城，我是一定去的。去还书,借书。

沈先生的知识面很广,他每天都看书。现在也还是这样。去年,他七十八岁了,我上他家去,沈师母还说:"他一天到晚看书——还都记得!"他看的书真是五花八门,他叫这是"杂知识"。他的藏书也真是兼收并蓄。文学书、哲学书、道教史、马林诺斯基的人类学、亨利·詹姆斯、弗洛伊德、陶瓷、髹漆、糖霜、观赏植物……大概除了《相对论》,在他的书架上都能找到。我每次去,就随便挑几本,看一个星期(我在西南联大几年,所得到的一点"学问",大部分是从沈先生的书里取来的)。他的书除了自己看,买了来,就是准备借人的。联大很多学生手里都有一两本扉页上写着"上官碧"的名字的书。沈先生看过的书大都做了批注。看一本陶瓷史,铺天盖地,全都批满了,又还粘了许多纸条,密密地写着字。这些批注比正文的字数还要多,很多书上，做了题记。题记有时与本书无关，或记往事，或抒感慨。有些题记有着只有本人知道的"本事"，别人不懂。比如，有一本书后写着："雨季已过，无虹可看矣。"有一本后面题着："某月日，见一大胖女人从桥上过，心中十分难过。"前一条我可以约略知道，后一条则不知所谓了。为什么这个大胖女人使沈先生心中十分难过呢？我对这些题记很感兴趣，觉得很有意思，而且自成一种文体，所以到现在还记得。他的藏书几经散失。去年我去看他，书架上的书大都是近年买的，我所熟识的，似只有一函《少室山房集》了。

沈先生对美有一种特殊的敏感。他对美的东西有着一种炽热的、生理的、近乎是肉欲的感情。美使他惊奇，使他悲哀，使他沉醉。他搜罗过各种美术品。在北京，他好几年搜罗瓷器。待客的茶杯经常变换，也许是一套康熙青花，也许是鹧鸪斑的浅盏，也许是日本的九谷瓷。吃饭的时候，客人会放下筷子，欣赏起他的雍正粉彩大盘，把盘里的韭黄炒鸡蛋都搁凉了。在昆明，他不知怎么发现了一种竹胎的缅漆的圆盒，黑红两色的居多，间或有描金的，盒盖周围有极繁复的花纹，大概是用竹笔刮绘出来的，有云龙花草，偶尔也有画了一圈趺坐着的小人的。这东西原是奁具，不知是什么年代的，带有汉代漆器的风格而又有点少数民族的色彩。他每回进城，除了置买杂物，就是到处寻找这东西（很便宜的，一只圆盒比一个粗竹篮贵不了多少）。他大概前后搜集了有几百，而且鉴赏越来越精，到后来，稍一般的，就不要了。我常常随着他满城乱跑，去衰货摊上觅宝。有一次买到一个直径一尺二的大漆盒，他爱不释手，说："这可以做一个《红黑》的封面！"有一阵又不知从哪里找到大批苗族的挑花。白色的土布，用色线（蓝线或黑线）挑出精致而天真的图案。有客人来，就摊在一张琴案上,大家围着看,一人手里捧着一杯茶,不断发出惊叹的声音。抗战后,回到北京,他又买了很多旧绣货:扇子套、眼镜套、槟榔荷包、枕头顶,乃至帐檐、飘带……(最初也很便宜,后来就十分昂贵了)后来又搞丝绸,搞服装。他搜罗工艺品,是最不功利,最不自私的。他花了大量的钱买这些东西,不是以为奇货可居,也不是为了装点风雅,他是为了使别人也能分尝到美的享受,真是"与朋友共,敝之而无憾"。他的许多藏品都不声不响地捐献给国家了。北京大学博物馆初成立的时候,玻璃柜里的不少展品就是从中老胡同沈家的架上搬去的。昆明的熟人的案上几乎都有一个两个沈从文送的缅漆圆盒,用来装芙蓉糕、萨其马或邮票、印泥之类杂物。他的那些名贵的瓷器,我近二年去看,已经所剩无几了,就像那些扉页上写着"上官碧"名字的书一样,都到了别人的手里。

沈从文欣赏的美，也可以换一个字，是"人"。他不把这些工艺品只看成是"物"，他总是把它和人联系在一起的。他总是透过"物"看到"人"。对美的惊奇，也是对人的赞叹。这是人的劳绩，人的智慧，人的无穷的想象，人的天才的、精力弥满的双手所创造出来的呀！他在称赞一个美的作品时所用的语言是充满感情的，也颇特别，比如："那样准确，准确得可怕！"他常常对着一幅织锦缎或者一个"七色晕"的绣片惊呼："真是了不得！""真不可想象！"他到了杭州，才知道故宫龙袍上的金线，是瞎子在一个极薄的金箔上凭手的感觉割出来的，"真不可想象！"有一次他和我到故宫去看瓷器，有几个莲子盅造型极美，我还在流连赏玩，他在我耳边轻轻地说："这是按照一个女人的奶子做出来的。"

沈从文从一个小说家变成一个文物专家，国内国外许多人都觉得难以置信。这在世界文学史上似乎尚无先例。对我说起来，倒并不认为不可理解。这在沈先生，与其说是改弦更张，不如说是轻车熟路。这有客观的原因，也有主观原因。但是五十岁改行，总是件冒险的事。我以为沈先生思想缺乏条理，又没有受过"科学方法"的训练，他对文物只是一个热情的欣赏者，不长于冷静的分析，现在正式"下海"，以此作为专业，究竟能搞出多大成就，最初我是持怀疑态度的。直到前二年，我听他谈了一些文物方面的问题，看到他编纂的《中国服装史资料》的极小一部分图片，我才觉得，他钻了二十年，真把中国的文物钻通了。他不但钻得很深，而且，用他自己的说法：解决了一个问题，其他问题也就"顷刻"解决了。服装史是个拓荒工作。他说现在还是试验，成不成还不知道。但是我觉得：填补了中国文化史研究的一个重要的空白，对历史、戏剧等方面将发生很大作用，一个人一辈子做出这样一件事,也值了!《服装史》终于将要出版了,这对于沈先生的熟人,都是很大的安慰。因为治服装史,他又搞了许多副产品。他搞了扇子的发展,马戏的发展(沈从文这个名字和"马戏"联在一起,真是谁也没有想到的)。他从人物服装,断定号称故宫藏画最早的一幅展子虔《游春图》不是隋代的而是晚唐的东西。他现在在手的研究专题就有四十个。其中有一些已经完成了(如陶瓷史),有一些正在做。他在去年写的一篇散文《忆翔鹤》的最后说"一息尚存,即有责任待尽",不是一句空话。沈先生是一个不知老之将至的人,另一方面又有"时不我与"之感,所以他现在工作加倍地勤奋。沈师母说他常常一坐下来就是十几个小时。沈先生是从来没有休息的。他的休息只是写写字。是一股什么力量催着一个年近八十的老人这样孜孜矻矻,不知疲倦地工作着的呢?我以为:是炽热而深沉的爱国主义。

沈从文从一个小说家变成了文物专家，对国家来说，孰得孰失，且容历史去做结论吧。许多人对他放下创作的笔感到惋惜，希望他还能继续写文学作品。我对此事已不抱希望了。人老了，驾驭文字的能力就会衰退。他自己也说他越来越"管不住手里的笔"了。但是看了《忆翔鹤》，改变了我的看法。这篇文章还是写得那样流转自如，毫不枯涩，旧日文风犹在，而且更加炉火纯青了。他的诗情没有枯竭，他对人事的感受还是那样精细锐敏，他的抒情才分因为世界观的成熟变得更明净了。那么，沈老师，在您的身体条件许可下，兴之所至，您也还是写一点吧。

朱光潜先生在一篇谈沈从文的短文中，说沈先生交游很广，但朱先生知道，他是一个寂寞的人。吴祖光有一次跟我说："你们老师不但文章写得好，为人也是那样好。"他们的话都是对的。沈先生的客人很多，但都是君子之交，言不及利。他总是用一种含蓄的热情对人，用一种欣赏的、抒情的眼睛看一切人。对前辈、朋友、学生、家人、保姆，都是这样。他是把生活里的人都当成一个作品中的人物去看的。他津津乐道的熟人的一些细节，都是小说化了的细节。大概他的熟人也都感觉到这一点，他们在沈先生的客座（有时是一张破椅子，一个小板凳）上也就不大好意思谈出过于庸俗无聊的话，大都是上下古今、天南地北地闲谈一阵，喝一盏清茶，抽几支烟，借几本书和他所需要的资料（沈先生对来借资料的，都是有求必应），就走了。客人一走，沈先生就坐到桌子跟前拿起笔来了。

沈先生对曾经帮助过他的前辈是念念不忘的，如林宰平先生、杨今甫（振声）先生、徐志摩。林老先生我未见过，只在沈先生处见过他所写的字。杨先生也是我的老师，这是个非常爱才的人。沈先生在几个大学教书，大概都是出于杨先生的安排。他是中篇小说《玉君》的作者。我在昆明时曾在我们的系主任罗莘田先生的案上见过他写的一篇游戏文章《释鳏》，是写联大的光棍教授的生活的。杨先生多年过着独身生活。他当过好几个大学的文学院长，衬衫都是自己洗烫，然而衣履精整，窗明几净，左图右史，自得其乐，生活得很潇洒。他对后进青年的作品是很关心的。他曾经托沈先生带话，叫我去看看他。我去了，他亲自洗壶涤器，为我煮了咖啡，让我看了沈尹默给他写的字，说"尹默的字超过明朝人"；又让我看了他的藏画，其中有一套姚茫父的册页，每一开的画芯只有一个火柴盒大，却都十分苍翠雄浑，是姚画的难得的精品。坐了一个多小时，我就告辞出来了。他让我去，似乎只是想跟我随便聊聊，看看字画。沈先生夫妇是常去看杨先生的，想来情形亦当如此。徐志摩是最初发现沈从文的才能的人。沈先生说过，如果没有徐志摩,他就不会成为作家,他也许会去当警察,或者随便在哪条街上倒下来,糊里糊涂地死掉了。沈先生曾和我说过许多这位诗人的佚事。诗人,总是有些倜傥不羁的。沈先生说他有一次上课,讲英国诗,从口袋里摸出一个大烟台苹果,一边咬着,说:"中国是有好东西的!"

沈先生常谈起的三个朋友是梁思成、林徽因、金岳霖。梁思成后来我在北京见过,林徽因一直没有见着。他们都是学建筑的。我因为沈先生的介绍,曾看过《营造法式》之类的书,知道什么叫"一斗三升",对赵州桥、定州塔发生很大的兴趣。沈先生的好多册《营造学报》一直在我手里,直到"文化大革命",才被"处理"了。从沈先生口中,我知道梁思成有一次为了从一个较远的距离观测一座古塔内部的结构,一直往后退,差一点从塔上掉了下去。林徽因对文学艺术的见解是为徐志摩、杨今甫、沈从文等一代名流所倾倒的。这是一个真正的中国的"沙龙女性",一个中国的弗吉尼亚·伍尔夫。她写的小说如《窗子以外》《九十九度中》,别具一格,和废名的《桃园》《竹林的故事》一样,都是现代中国文学里的不可忽视的作品。现在很多人在谈论"意识流",看看林徽因的小说,就知道不但外国有,中国也早就有了。她很会谈话,发着三十九度以上的高烧,还半躺在客厅里,和客人剧谈文学艺术问题。

金岳霖是个通人情、有学问的妙人,也是一个怪人。他是我的老师,大学一年级时,教"逻辑",这是文法学院的共同必修课。教室很大,学生很多。他的眼睛有病,有一个时期戴的眼镜一边的镜片是黑的,一边是白的。头上整年戴一顶旧呢帽。每学期上第一课都要首先声明:"对不起,我的眼睛有病,不能摘下帽子,不是对你们不礼貌。""逻辑"课有点近似数学，是有习题的。他常常当堂提问，叫学生回答。那指名的方式却颇为特别。"今天，所有穿红毛衣的女士回答。"他闭着眼睛用手一指，一个女士就站了起来。"今天，梳两条辫子的回答。"因为"逻辑"这玩意儿对乍从中学出来的女士和先生都很新鲜，学生也常提出问题来问他。有一个归侨学生叫林国达，最爱提问，他的问题往往很奇怪。金先生叫他问得没有办法，就反过来问他："林国达，我问你一个问题：'林国达先生是垂直于黑板的'，这是什么意思？"——林国达后来在一次游泳中淹死了。金先生教逻辑，看的小说却很多，从乔伊斯的《尤利西斯》到平江不肖生的《江湖奇侠传》，无所不看。沈先生有一次拉他来做了一次演讲。有一阵，沈先生曾给联大的一些写写小说、写写诗的学生组织过讲座，地点在巴金的夫人萧珊的住处，与座者只有十来个人。金先生讲的题目很吸引人，大概是沈先生出的："小说和哲学"。他的结论却是：小说和哲学没有关系，《红楼梦》里所讲的哲学也不是哲学。那次演讲给我留下印象最深的是，讲着讲着，他忽然停了下来，说："对不起，我身上好像有个小动物。"随即把手伸进脖领，擒住了这只小动物，并当场处死了。我们曾问过他，为什么研究哲学——在我们看来，哲学很枯燥，尤其是符号哲学，金先生想了一想，说："我觉得它很好玩。"他一个人生活。在昆明曾养过一只大斗鸡。这只斗鸡极其高大，经常把脖子伸到桌上来，和金先生一同吃饭。他又曾到处去买大苹果、大梨、大石榴，并鼓励别的教授的孩子也去买，拿来和他的比赛。谁的比他的大，他就照价收买，并把原来较小的一个奉送。他和沈先生的友谊是淡而持久的，直到金先生八十多岁了，还时常坐了平板三轮到沈先生的住处来谈谈。——因为毛主席告诉他要接触社会，他就和一个蹬平板三轮的约好，每天坐着平板车到王府井一带各处去转一圈。

和沈先生不多见面，但多年往还不绝的，还有一个张奚若先生、一个丁西林先生。张先生是个老同盟会员，曾拒绝参加蒋介石召开的参议会，人矮矮的，上唇留着短髭，风度如一个日本的大藏相，不知道为什么和沈先生很谈得来。丁西林曾说，要不是沈先生的鼓励，他这个写过《一只马蜂》的物理研究所所长，就不会再写出一个《等太太回来的时候》。

沈先生对于后进的帮助是不遗余力的。他曾自己出资给初露头角的青年诗人印过诗集。曹禺的《雷雨》发表后，是沈先生建议《大公报》给他发一笔奖金的。他的学生的作品，很多是经他的润饰后，写了热情揄扬的信，寄到他所熟识的报刊上发表的。单是他代付的邮资，就是一个不小的数目。前年他收到一封现在在解放军的知名作家的信，说起他当年丧父，无力葬埋，是沈先生为他写了好多字，开了一个书法展览，卖了钱给他，才能回乡办了丧事的。此事沈先生久已忘记，看了信想想，才记起仿佛有这样一回事。

沈先生待人，有一显著特点，是平等。这种平等，不是政治信念，也不是宗教教条，而是由于对人的尊重而产生的一种极其自然的生活的风格。他在昆明和北京都请过保姆。这两个保姆和沈家一家都相处得极好。昆明的一个，人胖胖的，沈先生常和她闲谈。沈先生曾把她的一生琐事写成了一篇亲切动人的小说。北京的一个，被称为王嫂。她离开多年，一直还和沈家来往。她去年在家和儿子怄了一点气，到沈家来住了几天，沈师母陪着她出出进进，像陪着一个老姐姐。

沈先生的家庭是我所见到的一个最和谐安静，最富于抒情气氛的家庭。这个家庭一切民主，完全没有封建意味，不存在任何家长制。

沈先生、沈师母和儿子、儿媳、孙女是和睦而平等的。从他的儿子把板凳当马骑的时候，沈先生就不对他们的兴趣加以干涉，一切听便。他像欣赏一幅名画似的欣赏他的儿子、孙女，对他们的"耐烦"表示赞赏。"耐烦"是沈先生爱用的一个词藻。儿子小时候用一个小钉锤乒乒乓乓敲打一件木器，半天不歇手，沈先生就说："要算耐烦。"孙女做功课，半天不抬脑袋，他也说："要算耐烦。""耐烦"是在沈先生影响下形成的一种家风。他本人不论在创作或从事文物研究，就是由于"耐烦"才取得成绩的。有一阵，儿子、儿媳不在身边，孙女跟着奶奶过。这位祖母对孙女全不像是一个祖母，倒像是一个大姐姐带着最小的妹妹，对她的一切情绪都尊重。她读中学了，对政治问题有她自己的看法，祖母就提醒客人，不要在她的面前谈教她听起来不舒服的话。去年春节，孙女要搞猜谜活动，祖母就帮着选择、抄写，在屋里拉了几条线绳，把谜语一条一条粘挂在线绳上。有客人来，不论是谁，都得受孙女的约束：猜中一条，发糖一块。有一位爷爷，一条也没猜着，就只好喝清茶。沈先生对这种约法不但不呵斥，反而热情赞助，十分欣赏。他说他的孙女："最会管我，一到吃饭，就下命令：'洗手！'"这个家庭自然也会有痛苦悲哀，油盐柴米，风风雨雨，别别扭扭，然而这一切都无妨于它和谐安静抒情的气氛。

看了沈先生对周围的人的态度，你就明白为什么沈先生能写出《湘行散记》里那些栩栩如生的角色，为什么能在小说里塑造出那样多的人物，并且也就明白为什么沈先生不老，因为他的心不老。

去年沈先生编他的选集，我又一次比较集中地看了他的作品。有一个中年作家一再催促我写一点关于沈先生的小说的文章。谈作品总不可避免要谈思想，我曾去问过沈先生："你的思想到底是什么？属于什么体系？"我说："你是一个抒情的人道主义者。"

沈先生微笑着，没有否认。

一九八一年一月十四日

## 星斗其文，赤子其人

沈先生逝世后，傅汉斯、张充和从美国电传来一幅挽辞。字是晋人小楷，一看就知道是张充和写的。词想必也是她拟的。只有四句：

不折不从　亦慈亦让

星斗其文　赤子其人

这是嵌字格，但是非常贴切，把沈先生的一生概括得很全面。这位四妹对三姐夫沈二哥真是非常了解。——荒芜同志编了一本《我所认识的沈从文》，写得最好的一篇，我以为也应该是张充和写的《三姐夫沈二哥》。

沈先生的血管里有少数民族的血液。他在

填履历表时,"民族"一栏里填土家族或苗族都可以,可以由他自由选择。湘西有少数民族血统的人大都有一股蛮劲、狠劲,做什么都要做出一个名堂。黄永玉就是这样的人。沈先生瘦瘦小小(晚年发胖了),但是有用不完的精力。他小时是个顽童,爱游泳(他叫"游水")。进城后好像就不游了。三姐(师母张兆和)很想看他游一次泳,但是没有看到。我当然更没有看到过。他少年当兵,漂泊转徙,很少连续几晚睡在同一张床上。吃的东西,最好的不过是切成四方的大块猪肉(煮在豆芽菜汤里)。行军、拉船,锻炼出一副极富耐力的体魄。二十岁冒冒失失地闯到北平来,举目无亲。连标点符号都不会用,就想用手中一支笔打出一个天下。经常为弄不到一点东西"消化消化"而发愁。冬天屋里生不起火,用被子围起来,还是不停地写。我一九四六年到上海,因为找不到职业,情绪很坏,他写信把我大骂了一顿，说："为了一时的困难，就这样哭哭啼啼的，甚至想到要自杀，真是没出息！你手中有一支笔，怕什么！"他在信里说了一些他刚到北京时的情形。——同时又叫三姐从苏州写了一封很长的信安慰我。他真的用一支笔打出了一个天下了。一个只读过小学的人，竟成了一个大作家，而且积累了那么多的学问，真是一个奇迹。

沈先生很爱用一个别人不常用的词："耐烦"。他说自己不是天才（他应当算是个天才），只是耐烦。他对别人的称赞，也常说"要算耐烦"。看见儿子小虎搞机床设计时，说"要算耐烦"。看见孙女小红做作业时，也说"要算耐烦"。他的"耐烦"，意思就是锲而不舍，不怕费劲。一个时期，沈先生每个月都要发表几篇小说，每年都要出几本书，被称为"多产作家"，但他写东西不是很快的，从来不是一挥而就。他年轻时常常日以继夜地写。他常流鼻血。血液凝聚力差，一流起来不易止住，很怕人。有时夜间写作，竟致晕倒，伏在自己的一摊鼻血里，第二天才被人发现。我就亲眼看到过他的带有鼻血痕迹的手稿。他后来还常流鼻血，不过不那么厉害了。他自己知道，并不惊慌。很奇怪，他连续感冒几天，一流鼻血，感冒就好了。他的作品看起来很轻松自如，若不经意，但都是苦心刻琢出来的。《边城》一共不到七万字，他告诉我，写了半年。他这篇小说是《国闻周报》上连载的，每期一章。小说共二十一章，21×7=147，我算了算，差不多正是半年。这篇东西是他新婚之后写的，那时他住在达子营。巴金住在他那里。他们每天写，巴老在屋里写，沈先生搬个小桌子，在院子里树荫下写。巴老写了一个长篇，沈先生写了《边城》。他称他的小说为"习作"，并不完全是谦虚。有些小说是为了教创作课给学生示范而写的，因此试验了各种方法。为了教学生写对话,有的小说通篇都用对话组成,如《若墨医生》;有的,一句对话也没有。《月下小景》确是为了履行许给张家小五的诺言"写故事给你看"而写的。同时,当然是为了试验一下"讲故事"的方法(这一组"故事"明显地看得出受了《十日谈》和《一千零一夜》的影响)。同时,也为了试验一下把六朝译经和口语结合的文体。这种试验,后来形成一种他自己说是"文白夹杂"的独特的沈从文体,在四十年代的文字(如《烛虚》)中尤为成熟。他的亲戚,语言学家周有光曾说"你的语言是古英语",甚至是拉丁文。沈先生讲创作,不大爱说"结构",他说是"组织"。我也比较喜欢"组织"这个词。"结构"过于理智,"组织"更带感情,较多作者的主观。他曾把一篇小说一条一条地裁开,用不同方法组织,看看哪一种形式更为合适。沈先生爱改自己的文章。他的原稿,一改再改，天头地脚页边，都是修改的字迹，蜘蛛网似的，这里牵出一条，那里牵出一条。作品发表了，改。成书了，改。看到自己的文章，总要改。有时改了多次，反而不如原来的，以致三姐后来不许他改了（三姐是沈先生文集的一个极其细心，极其认真的义务责任编辑）。沈先生的作品写得最快、最顺畅，改得最少的，只有一本《从文自传》。这本自传没有经过冥思苦想，只用了三个星期，一气呵成。

他不大用稿纸写作。在昆明写东西，是用毛笔写在当地出产的竹纸上的，自己折出印子。他也用钢笔，蘸水钢笔。他抓钢笔的手势有点像抓毛笔（这一点可以证明他不是洋学堂出身）。《长河》就是用钢笔写的，写在一个硬面的练习簿上，直行，两面写。他的原稿的字很清楚，不潦草，但写的是行书。不熟悉他的字体的排字工人是会感到困难的。他晚年写信写文章爱用秃笔淡墨。用秃笔写那样小的字，不但清楚,而且顿挫有致,真是一个功夫。

他很爱他的家乡。他的《湘西》《湘行散记》和许多篇小说可以做证。他不止一次和我谈起棉花坡,谈起枫树坳——一到秋天满城落了枫树的红叶。一说起来,不胜神往。黄永玉画过一张凤凰沈家门外的小巷,屋顶墙壁颇零乱,有大朵大朵的红花——不知是不是夹竹桃,画面颜色很浓,水汽泱泱。沈先生很喜欢这张画,说:"就是这样!"八十岁那年,和三姐一同回了一次凤凰,领着她看了他小说中所写的各处,都还没有大变样。家乡人闻知沈从文回来了,简直不知怎样招待才好。他说:"他们为我捉了一只锦鸡!"锦鸡毛羽很好看,他很爱那只锦鸡,还抱着它照了一张相,后来知道竟做了他的盘中餐,对三姐说:"真煞风景!"锦鸡肉并不怎么好吃。沈先生说及时大笑,但也表现出对乡人的殷勤十分感激。他在家乡听了傩戏,这是一种古调犹存的很老的弋阳腔。打鼓的是一位七十多岁的老人,他对年轻人打鼓失去旧范很不以为然。沈先生听了,说:"这是楚声,楚声!"他动情地听着"楚声",泪流满面。

沈先生八十岁生日,我曾写了一首诗送他,开头两句是:

犹及回乡听楚声,此身虽在总堪惊。

端木蕻良看到这首诗,认为"犹及"二字很好。我写下来的时候就有点觉得这不大吉利,没想到沈先生再也不能回家乡听一次了!他的家乡每年有人来看他,沈先生非常亲切地和他们谈话,一坐半天。每有同乡人来了,原来在座的朋友或学生就只有退避在一边,听他们谈话。沈先生很好客,朋友很多。老一辈的有林宰平、徐志摩。沈先生提及他们时充满感情。没有他们的提挈,沈先生也许就会当了警察,或者在马路旁边"瘪了"。我认识他后,他经常来往的有杨振声、张奚若、金岳霖、朱光潜诸先生,梁思成、林徽因夫妇。他们的交往真是君子之交,既无朋党色彩,也无酒食征逐。清茶一杯,闲谈片刻。杨先生有一次托沈先生带信,让我到南锣鼓巷他的住处去,我以为有什么事。去了,只是他亲自给我煮一杯咖啡,让我看一本他收藏的姚茫父的册页。这册页的芯子只有火柴盒那样大,横的,是山水,用极富金石味的墨线勾轮廓,设极重的青绿,真是妙品。杨先生对待我这个初露头角的学生如此,则其接待沈先生的情形可知。杨先生和沈先生夫妇曾在颐和园住过一个时期,想来也不过是清晨或黄昏到后山谐趣园一带走走,看看湖里的金丝莲,或写出一张得意的字来,互相欣赏欣赏,其余时间各自在屋里读书做事,如此而已。沈先生对青年的帮助真是不遗余力。他曾经自己出钱为一个诗人出了第一本诗集。一九四七年,诗人柯原的父亲故去,家中拉了一笔债，沈先生提出卖字来帮助他。《益世报》登出了沈从文卖字的启事，买字的可定出规格，而将价款直接寄给诗人。柯原一九八〇年去看沈先生，沈先生才记起有这回事。他对学生的作品细心修改，寄给相熟的报刊，尽量争取发表。他这辈子为学生寄稿的邮费，加起来是一个相当可观的数字。抗战时期，通货膨胀，邮费也不断涨，往往寄一封信，信封正面反面都得贴满邮票。为了省一点邮费，沈先生总是把稿纸的天头地脚页边都裁去，只留一个稿芯，这样分量轻一点。稿子发表了，稿费寄来，他必为亲自送去。李霖灿在丽江画玉龙雪山，他的画都是寄到昆明，由沈先生代为出手的。我在昆明写的稿子，几乎无一篇不是他寄出去的。一九四六年，郑振铎、李健吾先生在上海创办《文艺复兴》，沈先生把我的《小学校的钟声》和《复仇》寄去。这两篇稿子写出已经有几年，当时无地方可发表。稿子是用毛笔楷书写在学生作文的绿格本上的，郑先生收到，发现稿纸上已经叫蠹虫蛀了好些洞，使他大为激动。沈先生对我这个学生是很喜欢的。为了躲避日本飞机空袭，他们全家有一阵住在呈贡新街，后迁跑马山桃源新村。沈先生有课时进城住两三天。他进城时，我都去看他。交稿子，看他收藏的宝贝，借书。沈先生的书是为了自己看，也为了借给别人看的。"借书一痴，还书一痴"，借书的痴子不少，还书的痴子可不多。有些书借出去一去无踪。有一次，晚上，我喝得烂醉，坐在路边，沈先生到一处演讲回来，以为是一个难民，生了病，走近看看，是我！他和两个同学把我扶到他住处，灌了好些酽茶，我才醒过来。有一回我去看他，牙疼，腮帮子肿得老高。沈先生开了门，一看，一句话没说，出去买了几个大橘子抱着回来了。沈先生的家庭是我见到的最好的家庭，随时都在亲切和谐气氛中。两个儿子,小龙小虎,兄弟怡怡。他们都很高尚清白,无丝毫庸俗习气,无一句粗鄙言语——他们都很幽默,但幽默得很温雅。一家人于钱上都看得很淡。《沈从文文集》的稿费寄到,九千多元,大概开过家庭会议,又从存款中取出几百元,凑成一万,寄到家乡办学。沈先生也有生气的时候,也有极度烦恼痛苦的时候,在昆明,在北京,我都见到过,但多数时候都是笑眯眯的。他总是用一种善意的、含情的微笑,来看这个世界的一切。到了晚年,喜欢放声大笑,笑得合不拢嘴,且摆动双手作势,真像一个孩子。只有看破一切人事乘除、得失荣辱,全置度外,心地明净无渣滓的人,才能这样畅快地大笑。

沈先生五十年代后放下写小说散文的笔(偶然还写一点,笔下仍极活泼,如写纪念陈翔鹤文章,实写得极好),改业钻研文物,而且钻出了很大的名堂,不少中国人、外国人都很奇怪。实不奇怪。沈先生很早就对历史文物有很大兴趣。他写的关于展子虔《游春图》的文章，我以为是一篇重要文章，从人物服装颜色式样考订图画的年代和真伪，是别的鉴赏家所未注意的方法。他关于书法的文章，特别是对宋四家的看法，很有见地。在昆明，我陪他去遛街，总要看看市招，到裱画店看看字画。昆明市政府对面有一堵大照壁，写满了一壁字（内容已不记得，大概不外是总理遗训），字有七八寸见方大，用二爨掺一点北魏造像题记笔意，白墙蓝字，是一位无名书家写的，写得实在好。我们每次经过，都要去看看。昆明有一位书法家叫吴忠荩，字写得极多，很多人家都有他的字，家家裱画店都有他的刚刚裱好的字。字写得很熟练，行书，只是用笔枯扁，结体少变化。沈先生还去看过他，说"这位老先生写了一辈子字！"意思颇为他水平受到限制而惋惜。昆明碰碰撞撞都可见到黑漆金字抱柱楹联上钱南园的四方大颜字,也还值得一看。沈先生到北京后即喜欢搜集瓷器。有一个时期,他家用的餐具都是很名贵的旧瓷器,只是不配套,因为是一件一件买回来的。他一度专门搜集青花瓷。买到手,过一阵就送人。西南联大好几位助教、研究生结婚时都收到沈先生送的雍正青花的茶杯或酒杯。沈先生对陶瓷赏鉴极精,一眼就知是什么朝代的。一个朋友送我一个梨皮色釉的粗瓷盒子,我拿去给他看,他说:"元朝东西,民间窑!"有一阵搜集旧纸,大都是乾隆以前的。多是染过色的,瓷青的、豆绿的、水红的,触手细腻到像煮熟的鸡蛋白外的薄皮,真是美极了。至于茧纸、高丽发笺,那是凡品了。(他搜集旧纸,但自己舍不得用来写字。晚年写字用糊窗户的高丽纸,他说:"我的字值三分钱。")

在昆明,搜集了一阵耿马漆盒。这种漆盒昆明的地摊上很容易买到,且不贵。沈先生搜集器物的原则是"人弃我取"。其实这种竹胎的，涂红黑两色漆，刮出极繁复而奇异的花纹的圆盒是很美的。装点心，装花生米，装邮票杂物均合适，放在桌上也是个摆设。这种漆盒也都陆续送人了。客人来，坐一阵，临走时大都能带走一个漆盒。有一阵研究中国丝绸，弄到许多大藏经的封面，各种颜色都有：宝蓝的、茶褐的、肉色的，花纹也是各式各样。沈先生后来写了一本《中国丝绸图案》。有一阵研究刺绣。除了衣服、裙子，弄了好多扇套、眼镜盒、香袋。不知他是从哪里"寻摸"来的。这些绣品的针法真是多种多样。我只记得有一种绣法叫"打子"，是用一个一个丝线疙瘩缀出来的。他给我看一种绣品，叫"七色晕"，用七种颜色的绒绣成一个团花，看了真叫人发晕。他搜集、研究这些东西，不是为了消遣，是从中发现，证实中国历史文化的优越这个角度出发的，研究时充满感情。我在他八十岁生日写给他的诗里有一联：

> 玩物从来非丧志，
>
> 著书老去为抒情。

这全是记实。沈先生提及某种文物时常是赞叹不已。马王堆那副不到一两重的纱衣，他不知说了多少次。刺绣用的金线原来是盲人用一把刀，全凭手感，就金箔上切割出来的。他说起时非常感动。有一个木俑（大概是楚俑）一尺多高，衣服非常特别：上衣的一半（连同袖子）是黑色，一半是红的；下裳正好相反，一半是红的，一半是黑的。沈先生说："这真是现代派！"如果照这样式（一点不用修改）做一件时装，拿到巴黎去，由一个长身细腰的模特儿穿起来，到表演台上转那么一转，准能把全巴黎都"镇"了！他平生搜集的文物，在他生前全都分别捐给了几个博物馆、工艺美术院校和工艺美术工厂，连收条都不要一个。

沈先生自奉甚薄。穿衣服从不讲究。他在《湘行散记》里说他穿了一件细毛料的长衫,这件长衫我可没见过。我见他时总是一件洗得褪了色的蓝布长衫,夹着一摞书,匆匆忙忙地走。解放后是蓝卡其布或涤卡的干部服,黑灯芯绒的"懒汉鞋"。有一年做了一件皮大衣(我记得是从房东手里买的一件旧皮袍改制的,灰色粗线呢面),他穿在身上,说是很暖和,高兴得像一个孩子。吃得很清淡。我没见他下过一次馆子。在昆明,我到文林街二十号他的宿舍去看他,到吃饭时总是到对面米线铺吃一碗一角三分钱的米线。有时加一个西红柿,打一个鸡蛋,超不过两角五分。三姐是会做菜的,会做八宝糯米鸭,炖在一个大砂锅里,但不常做。他们住在中老胡同时,有时张充和骑自行车到前门月盛斋买一包烧羊肉回来,就算加了菜了。在小羊宜宾胡同时,常吃的不外是炒四川的菜头,炒茨菇。沈先生爱吃茨菇，说"这个好，比土豆'格'高"。他在《自传》中说他很会炖狗肉，我在昆明，在北京都没见他炖过一次。有一次他到他的助手王亚蓉家去，先来看看我（王亚蓉住在我们家马路对面——他七十多了，血压高到二百多，还常为了一点研究资料上的小事到处跑），我让他过一会儿来吃饭。他带来一卷画，是古代马戏图的摹本，实在是很精彩。他非常得意地问我的女儿："精彩吧？"那天我给他做了一只烧羊腿，一条鱼。他回家一再向三姐称道："真好吃。"他经常吃的荤菜是：猪头肉。

他的丧事十分简单。他凡事不喜张扬，最反对搞个人的纪念活动。反对"办生做寿"。他生前累次嘱咐家人，他死后，不开追悼会，不举行遗体告别。但火化之前，总要有一点仪式。新华社消息的标题是沈从文告别亲友和读者，是合适的。只通知少数亲友。——有一些景仰他的人是未接通知自己去的。不收花圈，只有约二十多个布满鲜花的花篮,很大的白色的百合花、康乃馨、菊花、菖兰。参加仪式的人也不戴纸质的白花,但每人发给一枝半开的月季,行礼后放在遗体边。不放哀乐,放沈先生生前喜爱的音乐,如贝多芬的"悲怆"奏鸣曲等。沈先生面色如生,很安详地躺着。我走近他身边,看着他,久久不能离开。这样一个人,就这样地去了。我看他一眼,又看一眼,我哭了。

沈先生家有一盆虎耳草,种在一个椭圆形的小小钧窑盆里。很多人不认识这种草。这就是《边城》里翠翠在梦里采摘的那种草,沈先生喜欢的草。

一九八八年五月二十六日

## 沈从文转业之谜

沈先生忽然改了行。他的一生分成了两截。一九四九年以前,他是作家,写了四十几本小说和散文;一九四九年以后,他变成了一个文物研究专家,写了一些关于文物的书,其中最重大(真是又重又大)的一本是《中国古代服饰研究》。近十年沈先生的文学作品重新引起注意,尤其是青年当中,形成了"沈从文热"。一些读了他的小说的年轻一些的读者觉得非常奇怪:他为什么不再写了呢?国外有些研究中国现代文学的学者也为之大惑不解。我是知道一点内情的,但也说不出个究竟。在他改业之初,我曾经担心他能不能在文物研究上搞出一个名堂,因为从我和他的接触(比如讲课)中,我觉得他缺乏"科学头脑"。后来发现他"另有一功",能把抒情气质和科学条理完美地结合起来,搞出了成绩,我松了一口气,觉得"这样也好"。我就不大去想他的转业的事了。沈先生去世后,沈虎雏整理沈先生遗留下来的稿件、信件。我因为刊物约稿,想起沈先生改行的事,要找虎雏谈谈。我爱人打电话给三姐(师母张兆和),三姐说:"叫曾祺来一趟,我有话跟他说。"我去了,虎雏拿出几封信。一封是给一个叫吉六的青年作家的退稿信(一封很重要的信),一封是沈先生在一九六一年二月二日写给我的很长的信(这封信真长,是在练习本撕下来的纸上写的,钢笔小字,两面写,共十二页,估计不下六千字),是在医院里写的;这封信,他从医院回家后用毛笔在竹纸上重写了一次寄给我,这是底稿;其时我正戴了右派分子帽子,下放张家口沙岭子劳动；（沈先生寄给我的原信我一直保存，"文化大革命"中遗失了，）还有一九四七年我由上海寄给沈先生的两封信。看了这几封信，我对沈先生转业的前因后果，逐渐形成一个比较清晰的轮廓。

从一个方面说，沈先生的改行，是"逼上梁山"，是他多年挨骂的结果。左、右都骂他。沈先生在写给我的信上说：

"我希望有些人不要骂我，不相信，还是要骂。根本连我写什么也不看，只图个痛快。于是骂倒了。真的倒了。但是究竟是谁的损失？"

沈先生的挨骂，以前的，我不知道。我知道的，对他的大骂，大概有三次。

一次是抗日战争时期，约在一九四二年顷，从桂林发动，有几篇很锐利的文章。我记得有一篇是聂绀弩写的。聂绀弩我后来认识，是一个非常好的人。他后来也因黄永玉之介去看过沈先生，认为那全是一场误会。聂和沈先生成了很好的朋友，彼此毫无芥蒂。

第二次是一九四七年，沈先生写了两篇杂文，引来一场围攻。那时我在上海，到巴金先生家，李健吾先生在座。李健吾先生说，劝从文不要写这样的杂论，还是写他的小说。巴金先生很以为然。我给沈先生写的两封信，说的便是这样的意思。

第三次是从香港发动的。一九四八年三月，香港出了一本《大众文艺丛刊》，撰稿人为党内外的理论家。其中有一篇郭沫若写的《斥反动文艺》，文中说沈从文"一直是有意识地作为反动派而活动着"。这对沈先生是致命的一击。可以说，是郭沫若的这篇文章，把沈从文从一个作家骂成了一个文物研究者。事隔三十年，沈先生的《中国古代服饰研究》却由前科学院院长郭沫若写了序。人事变幻，云水悠悠，逝者如斯，谁能逆料？这也是历史。

已经有几篇文章披露了沈先生在解放前后

神经混乱的事（我本来是不愿意提及这件事的），但是在这以前，沈先生对形势的估计和对自己前途的设想是非常清醒、非常理智的。他在一九四八年十二月七日写给吉六君的信中说：

"大局玄黄未定……一切终得变。从大处看发展，中国行将进入一个崭新时代，则无可怀疑。"

基于这样的信念，才使沈先生在北平解放前下决心留下来。留下来不走的，还有朱光潜先生、杨振声先生。朱先生和沈先生同住在中老胡同，杨先生也常来串门。对于"玄黄未定"之际的行止，他们肯定是多次商量过的。他们决定不走，但是心境是惶然的。

一天，北京大学贴出了一期壁报，大字全文抄出了郭沫若的《斥反动文艺》。不知道这是地下党的授意，还是进步学生社团自己干的。在那样的时候，贴出这样的大字报，是什么意思呢?这不是"为渊驱鱼",把本来应该争取,可以争取的高级知识分子一齐推出去么?这究竟是谁的主意,谁的决策?

这篇壁报对沈先生的压力很大,沈先生由神经极度紧张,到患了类似迫害狂的病症(老是怀疑有人监视他,制造一些尖锐声音来刺激他),直接的原因,就是这张大字壁报。

沈先生在精神濒临崩溃的时候,脑子却又异常清楚,所说的一些话常有很大的预见性。四十年前说的话,今天看起来还是很准确。

"一切终得变",沈先生是竭力想适应这种"变"的。他在写给吉六君的信上说:

"用笔者求其有意义,有作用,传统写作方式以及对社会的态度,值得严肃认真加以检讨,有所抉择。对于过去种种,得决心放弃,从新起始来学习。这个新的起始,并不一定即能配合当前需要,惟必能把握住一个进步原则来肯定,来完成,来促进。"

但是他又估计自己很难适应：

"人近中年，情绪凝固，又或因情绪内向，缺乏适应能力，用笔方式，二十年三十年统统由一个'思'字出发，此时却必须用'信'字起步，或不容易扭转。过不多久，即未被迫搁笔，亦终得把笔搁下。这是我们一代若干人必然结果。"

不幸而言中。沈先生对自己搁笔的原因分析得再清楚不过了。不断挨骂，是客观原因；不能适应，有主观成分，也有客观因素。解放后搁笔的，在沈先生一代人中不止沈先生一个人，不过不像沈先生搁得那样彻底，那样明显，其原因，也不外是"思"与"信"的矛盾。三十多年来，直到"文化大革命"结束，中国文艺的主要问题也是强调"信"，忽略"思"。十一届三中全会以后，新时期十年文学的转机，也正是由"信"回复到"思"，作家可以真正地独立思考，可以用自己的眼睛观察生活，用自己的脑和心思索生活，用自己的手表现生活了。

北平一解放，我们就觉得沈先生无法再写作，也无法再在北京大学教书。教什么呢？在课堂上他能说些什么话呢？他的那一套肯定是不行的。

沈先生为自己找到一条出路，也可以说是一条退路：改行。

沈先生的改行并不是没有准备、没有条件的。据沈虎雏说，他对文物的兴趣比对文学的兴趣产生得更早一些。他十八岁时曾在一个统领官身边做书记。这位统领官收藏了百来轴自宋至明清的旧画，几十件铜器及古瓷，还有十来箱书籍，一大批碑帖。这些东西都由沈先生登记管理。由于应用，沈先生学会了许多知识。无事可做时，就把那些古画一轴一轴地取出，挂到壁间独自欣赏，或翻开《西清古鉴》《薛氏彝器钟鼎款识》来看。"我从这方面对于这个民族在一段长长的年份中，用一片颜色，一把线，一块青铜或一堆泥土，以及一组文字，加上自己生命作成的种种艺术，皆得了一个初步普遍的认识。由于这点初步知识，使一个以鉴赏人类生活与自然现象为生的乡下人，进而对人类智慧光辉的领会，发生了极宽泛而深切的兴味。"（见《从文自传·学历史的地方》）沈先生对文物的兴趣，自始至终，一直是从这一点出发的，是出于对民族，对于民族的历史和文化的深爱。他的文学创作、文物研究，都浸透了爱国主义的感情。从热爱祖国这一点上看，也可以说沈先生并没有改行。我心匪石，不可转也，爱国爱民，始终如一，只是改变了一下工作方式。

　　沈先生的转业并不是十分突然的，是逐渐完成的。北平解放前一年，北大成立了博物馆系，并设立了一个小小的博物馆。这个博物馆是在杨振声、沈从文等几位热心的教授的赞助下搞起来的，馆中的陈列品很多是沈先生从家里搬去的。历史博物馆成立以后，因与馆长很熟，时常跑去帮忙。后来就离开北大，干脆调过去了。沈先生改行，心情是很矛盾的，他有时很痛苦，有时又觉得很轻松。他名心很淡，不大计较得失。沈先生到了历史博物馆，除了鉴定文物，还当讲解员。常书鸿先生带了很多敦煌壁画的摹本在午门楼上展览，他自告奋勇，每天都去。我就亲眼看见他非常热情兴奋地向观众讲解。一个青年问我："这人是谁？他怎么懂得这么多？"从一个大学教授到当讲解员，沈先生不觉有什么"丢份"。他那样子不但是自得其乐，简直是得其所哉。只是熟人看见他在讲解，心里总不免有些凄然。

沈先生对于写作也不是一下就死了心。"跛者不忘履"，一个人写了三十年小说，总不会彻底忘情，有时是会感到手痒的。他对自己写作是很有信心的。在写给我的信上说：

"拿破仑是伟人,可是我们羡慕也学不来。至于雨果、莫里哀、托尔斯泰、契诃夫等等的工作,想效法却不太难(我初来北京还不懂标点时,就想到这并不太难)。"直到一九六一年写给我的长信上还说,因为高血压,馆(历史博物馆)中已决定"全休",他想用一年时间"写本故事"(一个长篇),写三姐家堂兄三代闹革命。他为此两次到宣化去,"已得到十万字材料,估计写出来必不会太坏……"想重新提笔,反反复复,经过多次。终于没有实现。一是客观环境不允许,他自己心理障碍很大。他在写给我的信上说:"幻想……照我的老办法,呆头呆脑用契诃夫做个假对象,竞赛下去,也许还会写个十来个本本的。……可是万一有个什么人在刊物上寻章摘句,以为这是什么'修正主义',如此或如彼的一说,我还是招架不住,也可说不费吹灰之力,一切努力,即等于白费。想到这一点,重新动笔的勇气,不免就消失一半。"二是,他后来一头扎进了文物,"越陷越深",提笔之念,就淡忘了。他手里有几十个研究选题待完成,他有很大的责任感和紧迫感,时间精力全为文物占去,实在顾不上再想写作了。

从写小说到改治文物,而且搞出丰硕的成果,失之东隅,收之桑榆,就沈先生个人说,无所谓得失。就国家来说,失去一个作家,得到一个杰出的文物研究专家,也许是划得来的。但是从一个长远的历史角度来看,这算不算损失?如果是损失,那么,是谁的损失?谁为为之?孰令致之?这问题还是很值得我们深思的。我们应该从沈从文的转业得出应有的历史教训。

一九八八年八月二十四日

## 梦见沈从文先生

夜梦沈从文先生。

梦见《人民文学》改了版,成了综合性的文学刊物。除整块整块的作品外,也发一些文学的随笔、杂记、评论。主编崔道怡。我到编辑部小坐。屋里无人。桌上有一份校样,是沈从文的一篇小说的续篇。拿起来看了一遍,写得还是很好。有几处我觉得还可再稍稍增饰发挥,就拿起笔来添改了一下。拿了校样,想找沈先生看一看,是否妥当。沈先生正在隔壁北京市文联开会(沈先生很少到市文联开会)。一出门,见沈先生迎面走来,就把校样交给他。沈先生看了,说:"改得好!我多时不写小说,笔有点僵了,不那么灵活了。笔这个东西,放不得。"

"……文字,还是得贴紧生活。用写评论的语言写小说,不成。"

我说现在的年轻作家喜欢在小说里掺进论文成分,以为这样才深刻。

"那不成。小说是小说,论文是论文。"

沈先生还是那样,瘦瘦的,穿一件灰色的长衫,走路很快,匆匆忙忙的,挟着一摞书,神情温和而执着。

在梦中我没有想到他已经死了。我觉得他依然温和执着,一如既往。

我很少做这样有条有理的梦(我的梦总是飘飘忽忽,乱糟糟的),并且醒后还能记得清清楚楚(一些情节,我在梦中常自以为记住了,醒来却忘得一干二净)。醒来看表,四点二十。怎么会做这样的梦呢?

　　沈先生在我的梦里说的话并无多少深文大义,但是很中肯。

一九九七年四月三日清晨

## 西南联大中文系

西南联大中文系的教授有清华的，有北大的，应该也有南开的。但是哪一位教授是南开的，我记不起来了。清华的教授和北大的教授有什么不同，我实在看不出来。联大的系主任是轮流做庄。朱自清先生当过一段系主任。担任系主任时间较长的，是罗常培先生。学生背后都叫他"罗长官"。罗先生赴美讲学，闻一多先生代理过一个时期。在他们"当政"期间，中文系还是那个老样子，他们都没有一套"施政纲领"。事实上当时的系主任"为官清简"，近于无为而治。中文系的学风和别的系也差不多：民主、自由、开放。当时没有"开放"这个词，但有这个事实。中文系似乎比别的系更自由。工学院的机械制图总要按期交卷，并且要严格评分的；理学院要做实验，数据不能马虎。中文系就没有这一套。记得我在皮名举先生的"西洋通史"课上交了一张规定的马其顿国的地图，皮先生阅后，批了两行字："阁下之地图美术价值甚高，科学价值全无。"似乎这样也可以了。总而言之，中文系的学生更为随便，中文系体现的"北大"精神更为充分。

如果说西南联大中文系有一点什么"派"，那就只能说是"京派"。西南联大有一本《大一国文》，是各系共同必修。这本书编得很有倾向性。文言文部分突出地选了《论语》，其中最突出的是《子路曾皙冉有公西华侍坐》。"暮春者，春服既成，冠者五六人，童子六七人，浴乎沂，风乎舞雩，咏而归"，这种超功利的生活态度，接近庄子思想的率性自然的儒家思想对联大学生有相当深广的潜在影响。还有一篇李清照的《金石录后序》。一般中学生都读过一点李清照的词,不知道她能写这样感情深挚、挥洒自如的散文。这篇散文对联大文风是有影响的。语体文部分,鲁迅的选的是《示众》。选一篇徐志摩的《我所知道的康桥》,是意料中事。选了丁西林的《一只马蜂》,就有点特别。更特别的是选了林徽因的《窗子以外》。这一本《大一国文》可以说是一本"京派国文"。严家炎先生编中国流派文学史,把我算作最后一个"京派",这大概跟我读过联大有关,甚至是和这本《大一国文》有点关系。这是我走上文学道路的一本启蒙的书。这本书现在大概是很难找到了。如果找得到,翻印一下,也怪有意思的。

"京派"并没有人老挂在嘴上。联大教授的"派性"不强。唐兰先生讲甲骨文,讲王观堂(国维)、董彦堂(董作宾),也讲郭鼎堂

（郭沫若）——他讲到郭沫若时总是叫他"郭沫（读如妹）若"。闻一多先生讲（写）过"擂鼓的诗人"，是大家都知道的。

联大教授讲课从来无人干涉，想讲什么就讲什么，想怎么讲就怎么讲。刘文典先生讲了一年《庄子》，我只记住开头一句："《庄子》嘿，我是不懂的喽，也没有人懂。"他讲课是东拉西扯，有时扯到和庄子毫不相干的事。倒是有些骂人的话，留给我的印象颇深。他说有些搞校勘的人，只会说甲本作某，乙本作某——"到底应该作什么？"骂有些注释家，只会说甲如何说，乙如何说，"你怎么说？"他还批评有些教授，自己拿了一个有注解的本子，发给学生的是白文，"你把注解发给学生！要不，你也拿一本白文！"他的这些意见，我以为是对的。他讲了一学期《文选》，只讲了半篇木玄虚的《海赋》。好几堂课大讲"拟声法"。他在黑板上写了一个挺长的法国字，举了好些外国例子。曾见过几篇老同学的回忆文章，说闻一多先生讲楚辞，一开头总是"痛饮酒熟读《离骚》，方称名士"。有人问我，"是不是这样？"是这样。他上课，抽烟。上他的课的学生，也抽。他讲唐诗，不蹈袭前人一语。讲晚唐诗和后期印象派的画一起讲，特别讲到"点画派"（pointism）。中国用比较文学的方法讲唐诗的，闻先生当为第一人。他讲《古代神话与传说》非常"叫座"。上课时连工学院的同学都穿过昆明城，从拓东路赶来听。那真是"满坑满谷"，昆中北院大教室里里外外都是人。闻先生把自己在整张毛边纸上手绘的伏羲女娲图钉在黑板上，把相当烦琐的考证，讲得有声有色，非常吸引人。还有一堂"叫座"的课是罗庸（膺中）先生讲杜诗。罗先生上课，不带片纸。不但杜诗能背写在黑板上，连仇注都背出来。唐兰（立庵）先生讲课是另一种风格。他是教古文字学的,有一年忽然开了一门"词选",不知道是没有人教,还是他自己感兴趣。他讲"词选"主要讲《花间集》(他自己一度也填词,极艳)。他讲词的方法是:不讲。有时只是用无锡腔调念(实是吟唱)一遍:"'双鬓隔香红,玉钗头上风'——好!真好!"这首词就pass了。沈从文先生在联大开过三门课:"各体文习作""创作实习""中国小说史",沈先生怎样教课,我已写了一篇《沈从文先生在西南联大》,发表在《人民文学》上,兹不赘。他讲创作的精义,只有一句"贴到人物来写"。听他的课需要举一隅而三隅反,否则就会觉得"不知所云"。

  联大教授之间,一般是不互论长短的。你讲你的,我讲我的。但有时放言月旦,也无所谓。比如唐立庵先生有一次在办公室当着一些讲师助教,就评论过两位教授,说一个"集穿凿附会之大成",一个"集啰唆之大成"。他不考虑有人会去"传小话",也没有考虑这两位教授会因此而发脾气。

西南联大中文系教授对学生的要求是不严格的。除了一些基础课,如文字学(陈梦家先生授)、声韵学(罗常培先生授)要按时听课,其余的,都较随便。比较严一点的是朱自清先生的"宋诗"。他一首一首地讲,要求学生记笔记,背,还要定期考试,小考,大考。有些课,也有考试,考试也就是那么回事。一般都只是学期终了,交一篇读书报告。联大中文系读书报告不重抄书,而重有无独创性的见解。有的可以说是怪论。有一个同学交了一篇关于李贺的报告给闻先生,说别人的诗都是在白地子上画画,李贺的诗是在黑地子上画画,所以颜色特别浓烈,大为闻先生激赏。有一个同学在杨振声先生教的"汉魏六朝诗选"课上,就"车轮生四角"这样的合乎情悖乎理的想象写了一篇很短的报告《方车论》。就凭这份报告,在期终考试时,杨先生宣布该生可以免考。

联大教授大都很爱才。罗常培先生说过,他喜欢两种学生:一种,刻苦治学;一种,有才。他介绍一个学生到联大先修班去教书,叫学生拿了他的亲笔介绍信去找先修班主任李继侗先生。介绍信上写的是"……该生素具创作夙慧。……"一个同学根据另一个同学的一句新诗(题一张抽象派的画的)"愿殿堂毁塌于建成之先"填了一首词,作为"诗法"课的练习交给王了一先生,王先生的评语是:"自是君身有仙骨,剪裁妙处不须论。"具有"夙慧",有"仙骨",这种对于学生过甚其辞的评价,恐怕是不会出之于今天的大学教授的笔下的。

我在西南联大是一个不用功的学生,常不上课,但是乱七八糟看了不少书。有一个时期每天晚上到系图书馆去看书。有时只我一个人。中文系在新校舍的西北角,墙外是坟地,非常安静。在系里看书不用经过什么借书手续,架上的书可以随便抽下一本来看。而且可抽烟。有一天,我听到墙外有一派细乐的声音。半夜里怎么会有乐声,在坟地里?我确实是听见的,不是错觉。

我要不是读了西南联大,也许不会成为一个作家。至少不会成为一个像现在这样的作家。我也许会成为一个画家。如果考不取联大,我准备考当时也在昆明的国立艺专。

(初刊于一九八八年)

## 闻一多先生上课

闻先生性格强烈坚毅。日寇南侵，清华、北大、南开合成临时大学，在长沙少驻，后改为西南联合大学，将往云南。一部分师生组成步行团，闻先生参加步行，万里长征，他把胡子留了起来，声言：抗战不胜，誓不剃须。他的胡子只有下巴上有，是所谓"山羊胡子"，而上髭浓黑，近似一字。他的嘴唇稍薄微扁，目光灼灼。有一张闻先生的木刻像，回头侧身，口衔烟斗，用炽热而又严冷的目光审视着现实，很能表达闻先生的内心世界。

联大到云南后，先在蒙自待了一年。闻先生还在专心治学，把自己整天关在图书馆里。

图书馆在楼上。那时不少教授爱起斋名，如朱自清先生的斋名叫"贤于博弈斋"，魏建功先生的书斋叫"学无不暇斋"，有一位教授戏赠闻先生一个斋主的名称"何妨一下楼主人"。因为闻先生总不下楼。

西南联大校舍安排停当，学校即迁至昆明。

我在读西南联大时，闻先生先后开过三门课：楚辞、唐诗、古代神话。

楚辞班人不多。闻先生点燃烟斗，我们能抽烟也点着了烟（闻先生的课可以抽烟的），闻先生打开笔记，开讲："痛饮酒，熟读《离骚》，乃可以为名士。"闻先生的笔记本很大，长一尺有半，宽近一尺，是写在特制的毛边纸稿纸上的。字是正楷，字体略长，一笔不苟。他写字有一特点，是爱用秃笔。别人用过的废笔，他都收集起来。秃笔写篆楷蝇头小字，真是一个功夫。我跟闻先生读一年楚辞，真读懂的只有两句"嫋嫋兮秋风，洞庭波兮木叶下"。也许还可加上几句："成礼兮会鼓，传葩兮代舞，春兰兮秋菊，长毋绝兮终古。"[1]

闻先生教古代神话，非常"叫座"。不单是中文系的、文学院的学生来听讲，连理学院、工学院的同学也来听。工学院在拓东路，文学院在大西门，听一堂课得穿过整整一座昆明城。闻先生讲课"图文并茂"。他用整张的毛边纸墨画出伏羲、女娲的各种画像，用摁钉钉在黑板上，口讲指画，有声有色，条理严密，文采斐然，高低抑扬，引人入胜。闻先生是一个好演员。伏羲女娲，本来是相当枯燥的课题，但听闻先生讲课让人感到一种美，思想的美，逻辑的美，才华的美。听这样的课，穿一座城，也值得。

能够像闻先生那样讲唐诗的，并世无第二

---

[1] 原文为"……传葩兮代舞，姱女倡兮容与，春兰兮秋菊……"——编者注

人。他也讲初唐四杰、大历十才子、《河岳英灵集》，但是讲得最多，也讲得最好的，是晚唐。他把晚唐诗和后期印象派的画联系起来。讲李贺，同时讲到印象派里的pointism（点画派）。说点画看起来只是不同颜色的点，这些点似乎不相连属，但凝视之，则可感觉到点与点之间的内在联系。这样讲唐诗，必须本人既是诗人，也是画家，有谁能办到？闻先生讲唐诗的妙悟，应该记录下来。我是个大大咧咧的人，上课从不记笔记。听说比我高一班的同学郑临川记录了，而且整理成一本《闻一多论唐诗》，出版了，这是大好事。

我颇具歪才，善能胡诌，闻先生很欣赏我。我曾替一个比我低一班的同学代笔写了一篇关于李贺的读书报告——西南联大一般课程都不考试，只于学期终了时交一篇读书报告即可给学分。闻先生看了这篇读书报告后，对那位同学说："你的报告写得很好，比汪曾祺写得还好！"其实我写李贺，只写了一点：别人的诗都是画在白底子上的画，李贺的诗是画在黑底子上的画，故颜色特别浓烈。这也是西南联大许多教授对学生鉴别的标准：不怕新，不怕怪，而不尚平庸，不喜欢人云亦云，只抄书，无创见。

一九九七年三月十二日

## 金岳霖先生

西南联大有许多很有趣的教授,金岳霖先生是其中的一位。金先生是我的老师沈从文先生的好朋友。沈先生当面和背后都称他为"老金"。大概时常来往的熟朋友都这样称呼他。关于金先生的事,有一些是沈先生告诉我的。我在《沈从文先生在西南联大》一文中提到过金先生。有些事情在那篇文章里没有写进去,觉得还应该写一写。

金先生的样子有点怪。他常年戴着一顶呢帽,进教室也不脱下。每一学年开始,给新的一班学生上课,他的第一句话总是:"我的眼睛有毛病,不能摘帽子,并不是对你们不尊重，请原谅。"他的眼睛有什么病，我不知道，只知道怕阳光。因此他的呢帽的前檐压得比较低，脑袋总是微微地仰着。他后来配了一副眼镜，这副眼镜一只的镜片是白的，一只是黑的。这就更怪了。后来在美国讲学期间把眼睛治好了——好一些了，眼镜也换了，但那微微仰着脑袋的姿态一直还没有改变。他身材相当高大，经常穿一件烟草黄色的麂皮夹克，天冷了就在里面围一条很长的驼色的羊绒围巾。联大的教授穿衣服是各色各样的。闻一多先生有一阵穿一件式样过时的灰色旧夹袍，是一个亲戚送给他的，领子很高，袖口极窄。联大有一次在龙云的长子、蒋介石的干儿子龙绳武家里开校友会——龙云的长媳是清华校友，闻先生在会上大骂"蒋介石，王八蛋！混蛋！"那天穿的就是这件高领窄袖的旧夹袍。朱自清先生有一阵披着一件云南赶马人穿的蓝色毡子的一口钟。除了体育教员，教授里穿夹克的，好像只有金先生一个人。他的眼神即使是到美国治了后也还是不大好，走起路来有点深一脚浅一脚。他就这样穿着黄夹克，微仰着脑袋，深一脚浅一脚地在联大新校舍的一条土路上走着。

金先生教逻辑。逻辑是西南联大规定文学院一年级学生的必修课，班上学生很多，上课在大教室，坐得满满的。在中学里没有听说有逻辑这门学问，大一的学生对这课很有兴趣。金先生上课有时要提问，那么多的学生，他不能都叫得上名字来——联大是没有点名册的，他有时一上课就宣布："今天，穿红毛衣的女同学回答问题。"于是所有穿红衣的女同学就都有点紧张，又有点兴奋。那时联大女生在蓝阴丹士林旗袍外面套一件红毛衣成了一种风气。——穿蓝毛衣、黄毛衣的极少。问题回答得流利清楚，也是件出风头的事。金先生很注意地听着，完了，说："Yes！请坐！"

学生也可以提出问题，请金先生解答。学生提的问题深浅不一，金先生有问必答，很耐心。有一个华侨同学叫林国达，操广东普通话，最爱提问题，问题大都奇奇怪怪。他大概觉得逻辑这门学问是挺"玄"的，应该提点怪问题。有一次他又站起来提了一个怪问题，金先生想了一想，说："林国达同学，我问你一个问题：'Mr.林国达 is perpendicular to the blackboard（林国达君垂直于黑板）'，这是什么意思？"林国达傻了。林国达当然无法垂直于黑板，但这句话在逻辑上没有错误。

林国达游泳淹死了。金先生上课，说："林国达死了，很不幸。"这一堂课，金先生一直没有笑容。

有一个同学，大概是陈蕴珍，即萧珊，曾问过金先生："您为什么要搞逻辑？"逻辑课的前一半讲三段论，大前提、小前提、结论、周延、不周延、归纳、演绎……还比较有意思。后半部全是符号,简直像高等数学。她的意思是:这种学问多么枯燥!金先生的回答是:"我觉得它很好玩。"

除了文学院大一学生必修课逻辑,金先生还开了一门"符号逻辑",是选修课。这门学问对我来说简直是天书。选这门课的人很少,教室里只有几个人。学生里最突出的是王浩。金先生讲着讲着,有时会停下来,问:"王浩,你以为如何?"这堂课就成了他们师生二人的对话。王浩现在在美国。前些年写了一篇关于金先生的较长的文章,大概是论金先生之学的,我没有见到。

王浩和我是相当熟的。他有个要好的朋友王景鹤,和我同在昆明黄土坡一个中学教书,王浩常来玩。来了,常打篮球。大都是吃了午饭就打。王浩管吃了饭就打球叫"练盲肠"。王浩的相貌颇"土",脑袋很大,剪了一个光头——联大同学剪光头的很少,说话带山东口音。他现在成了洋人——美籍华人，国际知名的学者，我实在想象不出他现在是什么样子。前年他回国讲学，托一个同学要我给他画一张画。我给他画了几个青头菌、牛肝菌，一根大葱，两头蒜，还有一块很大的宣威火腿。——火腿是很少入画的。我在画上题了几句话，有一句是"以慰王浩异国乡情"。王浩的学问，原来是师承金先生的。一个人一生哪怕只教出一个好学生，也值得了。当然，金先生的好学生不止一个人。

金先生是研究哲学的，但是他看了很多小说。从普鲁斯特到福尔摩斯，都看。听说他很爱看平江不肖生的《江湖奇侠传》。有几个联大同学住在金鸡巷。陈蕴珍、王树藏、刘北汜、施载宣（萧荻）。楼上有一间小客厅。沈先生有时拉一个熟人去给少数爱好文学，写东西的同学讲一点什么。金先生有一次也被拉了去。他讲的题目是《小说和哲学》。题目是沈先生给他出的。大家以为金先生一定会讲出一番道理。不料金先生讲了半天，结论却是：小说和哲学没有关系。有人问：那么《红楼梦》呢？金先生说："红楼梦里的哲学不是哲学。"他讲着讲着，忽然停下来："对不起，我这里有个小动物。"他把右手伸进后脖颈，捉出了一个跳蚤，捏在手指里看看，甚为得意。

金先生是个单身汉（联大教授里不少光棍，杨振声先生曾写过一篇游戏文章《释鳏》，在教授间传阅），无儿无女，但是过得自得其乐。他养了一只很大的斗鸡（云南出斗鸡）。这只斗鸡能把脖子伸上来，和金先生一个桌子吃饭。他到处搜罗大梨、大石榴，拿去和别的教授的孩子比赛。比输了，就把梨或石榴送给他的小朋友，他再去买。

金先生朋友很多，除了哲学家的教授外，时常来往的，据我所知，有梁思成、林徽因夫妇，沈从文，张奚若……君子之交淡如水，坐定之后，清茶一杯，闲话片刻而已。金先生对林徽因的谈吐才华，十分欣赏。现在的年轻人多不知道林徽因。她是学建筑的，但是对文学的趣味极高，精于鉴赏，所写的诗和小说如《窗子以外》《九十九度中》风格清新，一时无二。林徽因死后，有一年，金先生在北京饭店请了一次客，老朋友收到通知，都纳闷：老金为什么请客？到了之后，金先生才宣布："今天是徽因的生日。"

金先生晚年深居简出。毛主席曾经对他说："你要接触接触社会。"金先生已经八十岁了，怎么接触社会呢？他就和一个蹬平板三轮车的约好，每天蹬着他到王府井一带转一大圈。我想象金先生坐在平板三轮上东张西望，那情景一定非常有趣。王府井人挤人，熙熙攘攘，谁也不会知道这位东张西望的老人是一位一肚子学问，为人天真、热爱生活的大哲学家。

金先生治学精深,而著作不多。除了一本大学丛书里的《逻辑》,我所知道的,还有一本《论道》。其余还有什么,我不清楚,须问王浩。

我对金先生所知甚少。希望熟知金先生的人把金先生好好写一写。

联大的许多教授都应该有人好好地写一写。

一九八七年二月二十三日

## 吴雨僧先生二三事

吴宓（雨僧）先生相貌奇古。头顶微尖，面色苍黑，满脸刮得铁青的胡子，有学生形容他的胡子之盛，说是他两边脸上的胡子永远不能一样：刚刮了左边，等刮右边的时候，左边又长出来了。他走路很快，总是提了一根很粗的黄藤手杖。这根手杖不是为了助行，而是为了矫正学生的步态。有的学生走路忽东忽西，挡在吴先生的前面，吴先生就用手杖把他拨正。吴先生走路是笔直的，总是匆匆忙忙的。他似乎没有逍遥闲步的时候。

吴先生是西语系的教授。他在西语系开了什么课我不知道。他开的两门课是外系学生都可以选读或自由旁听的。一门是"中西诗之比较",一门是"红楼梦"。

"中西诗之比较"第一课我去旁听了。不料他讲的第一首诗却是:

一去二三里,烟村四五家。

楼台六七座,八九十枝花。

吴先生认为这种数字的排列是西洋诗所没有的。我大失所望了,认为这讲得未免太浅了,以后就没有再去听,其实讲诗正应该这样:由浅入深。数字入诗,确也算得是中国诗的一个特点。骆宾王被人称为"算博士"。杜甫也常以数字为对,如"两个黄鹂鸣翠柳,一行白鹭上青天","窗含西岭千秋雪,门泊东吴万里船"。吴先生讲课这样的"卑之无甚高论",说明他治学的朴实。

"红楼梦"是很"叫座"的,听课的学生很多,女生尤其多。我没有去听过,但知道一件事。他一进教室，看到有些女生站着，就马上出门，到别的教室去搬椅子。——联大教室的椅子是不固定的，可以搬来搬去。吴先生以身作则，听课的男士也急忙蜂拥出门去搬椅子。到所有女生都已坐下，吴先生才开讲。吴先生讲课内容如何，不得而知。但是他的行动，很能体现"贾宝玉精神"。

文林街和府甬道拐角处新开了一家饭馆，是几个湖南学生集资开的，取名"潇湘馆"，挂了一个招牌。吴先生见了很生气，上门向开馆子的同学抗议：林妹妹的香闺怎么可以作为一个饭馆的名字呢！开饭馆的同学尊重吴先生的感情，也很知道他的执拗的脾气，就提出一个折中的方案，加一个字，叫作"潇湘饭馆"。吴先生勉强同意了。

听说陈寅恪先生曾说吴先生是《红楼梦》里的妙玉，吴先生以为知己。这个传说未必可靠，也许是哪位同学编出来的。但编造得颇为合理，这样的编造安在陈先生和吴先生的头上，都很合适。

吴先生长期过着独身生活，吃饭是"打游击"。他经常到文林街一家小饭馆去吃牛肉面。这家饭馆只有一间门脸，卖的也只是牛肉面。小饭馆的老板很尊重吴先生。抗战期间，物价飞涨，小饭馆随时要调整价目。每次涨价，都要征得吴先生同意。吴先生听了老板说明涨价的理由，把老的价目表撤下，在一张红纸上用毛笔正楷写一张新的价目表贴在墙上：炖牛肉多少钱一碗，牛肉面多少钱一碗，净面多少钱一碗。

抗战胜利，三校（西南联大是清华、北大、南开联合起来的）复员，不知道为什么吴先生没有回清华（他是老清华了），我就没有再见到吴先生。有一阵谣传他在四川出了家，大概是因为他字"雨僧"而附会出来的。后来打听到他辗转在武汉大学、香港大学教书，最后落到北碚师范学院。"文化大革命"中挨斗得很厉害。罪名之一，是他曾是"学衡派"，被鲁迅骂过。这是一篇老账了，不知道造反派怎么翻了出来。他在挨斗中跌断了腿。他不能再教书，一个月只能领五十元生活费。他花三十七块钱雇了一个保姆，只剩下十三块钱，实在是难以度日，后来他回到陕西，死在老家。吴先生可以说是穷困而死。一个老教授，落得如此下场，哀哉！

一九八九年一月七日

## 唐立厂先生

唐立厂先生名兰,"立厂"是兰的反切。离名之反切为字,西南联大教授中有好几位。如王力——了一。这大概也是一时风气。

唐先生没有读过正式的大学,只在唐文治办的无锡国学馆读过,但因为他的文章为王国维、罗振玉所欣赏,一夜之间,名满京师。王国维称他为"青年文字学家"。王国维岂是随便"逢人说项"者乎?这样,他年轻轻地就在北京、辽宁(唐先生谓之奉天)等大学教了书。他在西南联大时已经是教授。他讲"说文解字"时,有几位已经很有名的教授都规规矩矩坐在教室里听。西南联大有这样一个好学风：你有学问，我就听你的课，不觉得这有什么丢人。唐先生对金文甲骨都有很深的研究。尤其是甲骨文。当时治甲骨文的学者号称有"四堂"：观堂（王国维）、雪堂（罗振玉）、彦堂（董作宾）、鼎堂（郭沫若），其实应该加上一厂（唐立厂）。难得的是他治学无门户之见。郭沫若研究古文字是自学，无师承，有些右派学者看不起他，唐立厂独不然，他对郭沫若很推崇，在一篇文章中说过："鼎堂导夫先路"，把郭置于诸家之前。他提起郭沫若总是读其本字"郭沫若"，沫音妹，不读泡沫的沫。唐先生是无锡人，说话用吴语，"郭""若"都是入声，听起来有一种特殊的味道，让人觉得亲切。唐先生说诸家治古文字是手工业，一个字一个字地认，他是小机器工业。他认出一个"斤"字，于是凡带斤字偏旁的字便迎刃而解，一认一大批。在当时认古文字数量最多的应推唐立厂。

唐先生兴趣甚广，于学无所不窥。有一年教词选的教授休假，他自告奋勇，开了词选课。他的教词选实在有点特别。他主要讲《花间集》，《花间集》以下不讲。其实他讲词并不讲，只是打起无锡腔，把这首词高声吟唱一遍，然后加一句短到不能再短的评语。

"'双鬓隔香红啊，玉钗头上风。'——好！真好！"

这首词就算讲完了。学生听懂了没有？听懂了！从他的做梦一样的声音神情中，体会到了温飞卿此词之美了。讲是不讲，不讲是讲。

唐先生脑袋稍大，一年只理两次发，头发很长，他又是个鬈发，从后面看像一只狻猊——就是卢沟桥上的石狮子，也即是耍狮子舞的那种狮子，不是非洲狮子。他有一阵住在大观楼附近的乡下。请了一个本地的女孩子照料生活，洗洗衣裳，做饭。唐先生爱吃干巴菌，女孩子常给他炒青辣椒干巴菌。有时请几个学生上家里吃饭，必有这一道菜。

唐先生有过一段Romance，他和照料他生活的女孩子有了感情，为她写了好些首词。他也并不讳言，反而抄出来请中文系的教授、讲师传看。都是"花间体"。据我们系主任罗常培说："写得很艳！"

唐先生说话无拘束，想到什么就说。有一次在系办公室说起闻一多、罗膺中（庸），这是两个中文系上课最"叫座"的教授。闻先生教楚辞、唐诗、古代神话，罗先生讲杜诗。他们上课，教室里座无虚席，有一些工学院学生会从拓东路到大西门，穿过整个昆明城赶来听课。唐立厂当着系里很多教员、助教，大声评论他们二位："闻一多集穿凿附会之大成；罗膺中集啰唆之大成！"他的无锡语音使他的评论更富力度。教员、助教互相看看，不赞一词。"处世无奇但率真"，唐立厂先生是一个胸无渣滓的率真人。他的评论并无恶意，也绝无"打击别人，抬高自己"的用心。他没有想到这句话传到闻先生、罗先生耳中会不会使他们生气。

也没有无聊的人会搬弄是非，传小话。即使闻先生、罗先生听到，也不会生气的。西南联大就是这样一所大学，这样的一种学风：宽容、坦荡、率真。

一九九七年三月十一日

## 修髯飘飘

### ——记西南联大的几位教授

在留胡子的教授里,年龄最长,胡子也最旺盛的,大概要算戴修瓒先生。我在校时,戴先生已有六十多岁。戴先生是法律系的。听说他在北洋政府时期曾任最高法院(那时应该叫作大理院)的大法官,因为对段祺瑞之所为不满,一怒辞职,到大学教书。戴先生身体很好。他身材不高,但很敦实,面色红润,两眼有光。他蓄着满腮胡子,已经近乎全白,但是通气透风,根根发亮。我没有听过戴先生的课,只在教室外经过时,听到过他讲课的声音,真是底气充足,声若洪钟。听到他的声音,看到他稳健的步履、飘动的银髯,想到他从执政府拂袖而去,总会生出一种敬意。戴先生是湘西人,湘西人大都很倔。

很多人都知道闻一多先生是留胡子的。报刊上发表他的照片,大都有胡子。那张流传很广的木刻像(记得是个姓夏的木刻家所刻),闻先生口衔烟斗,回头凝视,目光炯炯,而又深沉,是很传神的。这张木刻像上,闻先生是有胡子的。但是闻先生原来并未留胡子,他的胡子是抗战爆发那一天留起来的。当时发誓:抗战不胜,誓不剃须。

闻先生原来并不热衷于政治。他潜心治学,用功甚笃。他的治学,考证精严,而又极富想象。他是个诗人学者,一个艺术家。他的讲课很有号召力,许多工学院的学生会从拓东路(工学院在昆明东南角的拓东路)步行穿过全城,来听闻先生的课。闻先生讲课,真是"神采奕奕"。他很会讲课(有的教授很有学问,但不会讲课),能把本来是很枯燥的考证，讲得层次分明，引人入胜，逻辑性很强，而又文词生动。他讲话很有节奏，顿挫铿锵，有"穿透力"，如同第一流的演员。他教过我们楚辞、唐诗、古代神话。好几篇文章说过，闻先生讲楚辞，第一句话是："痛饮酒，熟读离骚，乃可以为名士"，是这样的。我上闻先生的楚辞课，他就是这样开头的。他讲唐诗，把晚唐诗和后期印象派的画放在一起讲。我记得他讲李贺诗，同时讲了法国的点画派，这样的中西比较的研究方法，当时运用的人还很少。他讲古代神话，在黑板上钉满了用毛边纸墨笔手摹的大幅伏羲女娲的石刻画像（这本身是珍贵的艺术品）。昆中北院的大教室里各系学生坐得满满的，鸦雀无声。听这样的课，真是超高级的艺术享受。

闻先生个性很强，处处可以看出。他用的笔记本是特制的，毛边纸，红格，宽一尺，高一尺有半，天头约高四寸，是离京时带出来的。他上课就带了这样的笔记，外面用一块蓝布包着。闻先生写笔记用的是正楷，一笔不苟，字兼欧柳字体稍长。他爱用秃笔。用的笔都是从别人笔筒中搜来的废笔。秃笔写蝇头小字，字字都像刻出来的，真是见功夫。他原是学画的。他和几位教授带领一群学生从北京步行到长沙[1]，一路上画了许多铅笔速写（多半是风景）。他的铅笔速写另具一格，他以中国的书法入铅笔画，笔触肯定，有金石味。他治印，朱白布置很讲究，奏刀有力。连他的吃菜口味也是这样，口重。在蒙自住了半年，深以食堂菜淡为苦。

闻先生的胡子不是络腮胡子，只下巴下长髯一绺，但上髭浓黑，衬出他的轮廓分明，稍稍扁阔的嘴唇，显得潇洒而又坚毅。

闻先生后来走下"楼"来（他在蒙自，整

---

[1] 作者笔误，应为"从长沙步行到昆明"。——编者注

天钻在图书馆楼上,同事曾戏称之为"何妨一下楼主人"),拍案而起,献身民主运动,原因很多,我只想说,这和他的刚强的个性是很有关系的。一是一,二是二,想怎么样,就怎么样,心口如一,义无反顾。闻先生是中国现代史上一个无半点渣滓的、完整的、真实的浪漫主义者。他的人格,是一首诗。

能为闻先生塑像的理想人物,是罗丹。可惜罗丹早就死了。

在西南联大旧址,现在的西南师范学院的校园中有闻先生的全身石像,长髯飘飘,很有神采。

闻先生遇难时,已经剃了胡子(抗战已经胜利)。我建议在闻先生牺牲的西仓坡另立一个胸像(现在有一块碑),最好是铜像。这个胸像可以没有胡子。

冯友兰先生面色苍黑,头发黑,胡子也黑。他是个高度近视眼,戴一副黑边眼镜,眼镜片很厚,迎面看去,只见一圈又一圈,看不清他的眼睛是什么样子。他常年穿着黑色的马褂,夹着一个包袱,里面装着他的讲稿。这包袱的颜色是杏黄的,上面印着八卦五毒。这本是云南人包小孩子用的包被(襁褓),不知道冯先生怎么会随手拿来包讲稿了。有时,身后还跟着一条狗。这条狗不知道是不是宗璞的小说里所写的鲁鲁,看它是纯白的,而且四条腿很短,大概就是的。

我在联大时,冯先生的《贞元三书》(《新原人》《新道学》《新世训》)[1]都已经出版,我看过,已经没有印象,只有总序里的一句话却至今记得:"今当贞下起元之时,好学深思之士,乌能已于言哉。"冯先生的治

---

1 "新道学"疑为"新理学"。冯友兰《贞元三书》指《新理学》《新事论》《新世训》,后又著《新原人》《新原道》《新知言》,与前者合称《贞元六书》。——编者注

哲学，是要经世致用的，和金岳霖、沈有鼎等先生只是当作一门纯学术来研究不一样。

唐兰（立厂）先生的胡子不是有意留起来的，而是"自然"长长了的。唐先生很少理发，据说一年只理两次。他的头发有点鬈曲，满头带鬈的乌发，从后面看，像石狮子（狻猊）脑袋。头发长了，胡子也就长了。胡子，也有点鬈，但不厉害，没有到成为虬髯公的地步。他理了发，头发短了，胡子也剃掉了，好像换了一个人。

唐先生治文字学，教"说文解字"，我没有选过这门课。但他有一年忽然开了词选，这是必修课。原来教词选的教授请假，他就自告奋勇来教了。他教词选，基本上不怎么讲。有时甚至只是打起无锡腔，曼声吟诵（其实是唱）了一遍："双鬓隔香红啊，玉钗头上凤……"——"好！真好！"这首词就算讲完了。班上学生词选课的最大收获，大概就是学会了唐先生吟词的腔调。似乎这样吟唱一遍，这首词也就懂了。这不是夸张，因为唐先生吟诵得很有感情，很陶醉，这首词的好处也就表达出来了。诗词本不宜多讲。讲多了，就容易把这首诗词讲死。像现在电视台的《唐诗撷英》就讲得太多了。一首七言绝句，哪有那么多的话好说呢。

不应该把胡子留起来，却留起来的，是生物系教授赵以炳。他要算西南联大教授中最年轻的，至少是最年轻的之一。当时他大概只有三十来岁。三十来岁而当了教授，可谓少年得志。赵先生长得很漂亮，但这种漂亮不是奶油小生或电影明星那样漂亮得浅薄无聊，他还是一个教授、一个学者，很有书卷气、很潇洒，或如北京人所说：很"帅"。在我所认识的教授中，当得起"风度翩翩"四个字的，唯赵先生一人。然而他却留了胡子。他为什么要留胡子呢？这有个故事。他只身在联大教书，夫人不在身边，蓄须是为了明志，让夫人放心，保证不会三心二意。他的夫人我们当然没有见过，但想象起来一定也是一位美人。没想到，他的下巴下一把黑黑的胡子更增加了他的风度，使男学生羡慕、女学生倾心。然而没有听说过赵先生另外有什么罗曼史。

赵先生是生理学专家，专门研究刺猬。我离开联大后，就没有再见过赵先生，听说他后来的遭遇很坎坷，详情不得而知。

可以，甚至应该把胡子留起来而不留的，是吴宓（雨僧）先生。吴先生的胡子很密，而且长得很快，经常刮，刮得两颊都是铁青的。有一位外语系的助教形容吴先生的胡子生长之快，说吴先生的胡子，两边永远不能一样，刮了左边，再刮右边的时候，左边的就又长出来了。吴先生相貌奇古，自号"雨僧"，有几分像。

吴先生的结局很惨。"文化大革命"中穷

困潦倒（每月只发给生活费三十元[1]），最后孤寂地死在家乡。

或问：你为什么要写这些胡子教授？没有什么，偶然想起而已。为什么要想起？这怎么说呢，只能说：这样的教授现在已经不多了。

（初刊于一九九一年）

---

1 本书收录的《吴雨僧先生二三事》一篇中，写的是"五十元"。——编者注

## 晚翠园曲会

云南大学西北角有一所花园，园内栽种了很多枇杷树，"晚翠"是从千字文"枇杷晚翠"摘下来的。月亮门的门额上刻了"晚翠园"三个大字，是胡小石写的，很苍劲。胡小石当时在重庆中央大学教书。云大校长熊庆来和他是至交，把他请到昆明来，在云大住了一些时。胡小石在云大、昆明写了不少字。当时正值昆明开展捕鼠运动，胡小石请有关当局给他拔了很多老鼠胡子，做了一束鼠须笔，准备带到重庆去，自用、送人。鼠须笔我从书上看到过，不想有人真用鼠须为笔。这三个字不知是不是鼠须笔所书。晚翠园除枇杷外，其他花木少,很幽静。云大中文系有几个同学搞了一个曲社,活动(拍曲子、开曲会)多半在这里借用一个小教室,摆两张乒乓球桌,二三十张椅子,曲友毕集,就拍起曲子来。

曲社的策划人实为陶光(字重华),有两个云大中文系同学为其助手,管石印曲谱、借教室、打开水等杂务。陶光是西南联大中文系教员,教"大一国文"的作文。"大一国文"各系大一学生必修。联大的大一国文课有一些和别的大学不同的特点。一是课文的选择。《诗经》选了"关关雎鸠",好像是照顾面子。楚辞选《九歌》,不选《离骚》,大概因为《离骚》太长了。《论语》选"冉有公西华侍坐"。"暮春者,春服既成,冠者五六人,童子六七人,浴乎沂,风乎舞雩,咏而归",这不仅是训练学生的文字表达能力,这种重个性,轻利禄,潇洒自如的人生态度,对于联大学生的思想素质的形成，有很大的关系，这段文章的影响是很深远的。联大学生为人处世不俗，夸大一点说，是因为读了这样的文章。这是真正的教育作用，也是选文的教授的用心所在。

魏晋不选庾信、鲍照，除了陶渊明，用相当多篇幅选了《世说新语》，这和选"冉有公西华侍坐"，其用意有相通处。唐人文选柳宗元《永州八记》而舍韩愈。宋文突出地全录了李易安的《金石录后序》。这实在是一篇极好的文章，声情并茂。到现在为止，对李清照，她的词，她的这篇《金石录后序》还没有给予应有的重视，她在文学史上的位置还没有摆准，偏低了。这是不公平的。古人的作品也和今人的作品一样，其遭际有幸有不幸，说不清是什么缘故。白话文部分的特点就更鲜明了。鲁迅当然是要选的，哪一派也得承认鲁迅，但选的不是《阿Q正传》而是《示众》，可谓独具只眼。选了林徽因的《窗子以外》、丁西林的《一只马蜂》（也许是《压迫》）。林徽因的小说进入大学国文课本，不但当时有人议论纷纷，直到今天，接近二十一世纪了，恐怕仍为一些铁杆左派（也可称之为"左霸"，现在不是什么最好的东西都称为"霸"么）所反对，所不容。但我却从这一篇小说知道小说有这种写法，知道什么是"意识流"，扩大了我的文学视野。"大一国文"课的另一个特点是教课文和教作文的是两个人。教课文的是教授、副教授，教作文的是讲师、教员、助教。为什么要这样分开，我至今不知道是什么道理。我的作文课是陶重华先生教的。他当时大概是教员。

陶光（我们背后都称之为陶光，没有人叫他陶重华），面白皙，风神朗朗。他有一个特别的地方，是同时穿两件长衫。里面是一件咖啡色的夹袍，外面是一件罩衫，银灰色。都是细毛料的。于此可见他的生活一直不很拮据——当时教员、助教大都穿布长衫，有家累的更是衣履敝旧。他走进教室，脱下外衣，搭在椅背上，就把作文分发给学生，摘其佳处，很"投入"地（那时还没有这个词）评讲起来。

陶光的曲子唱得很好。他是唱冠生的，在清华大学时曾受红豆馆主（溥侗）亲授。他嗓子好，宽、圆、亮、足，有力度。他常唱的是《三醉》《迎像》《哭像》，唱得苍苍莽莽，淋漓尽致。

不知道为什么，我觉得陶光在气质上有点感伤主义。

有一个女同学交了一篇作文，写的是下雨天，一个人在弹三弦。有几句，不知道这位女同学的原文是怎样的，经陶先生润改后成了这样："那湿冷的声音，湿冷了我的心。"这两句未见得怎么好，只是"湿冷了"以形容词作动词用，在当时是颇为新鲜的。我一直不忘这件事。我认为这其实是陶光的感觉,并且由此觉得他有点感伤主义。

说陶光是寂寞的,常有孤独感,当非误识。他的朋友不多,很少像某些教员、助教常到有权势的教授家走动问候,也没有哪个教授特别赏识他,只有一个刘文典(叔雅)和他关系不错。刘叔雅目空一切,谁也看不起。他抽鸦片,又嗜食宣威火腿,被称为"二云居士"——云土、云腿。他教《文选》,一个学期只讲了多半篇木玄虚的《海赋》,他倒认为陶光很有才。他的《淮南子校注》是陶光编辑的,扉页的"淮南子校注"也是陶光题署的。从扉页题署,我才知道他的字写得很好。

他是写二王的,临《圣教序》功力甚深。他曾把张充和送他的一本影印的《圣教序》给我看,字帖的缺字处有张充和题的字:

以此赠别　充和

陶光对张充和是倾慕的，但张充和似只把陶光看作一般的朋友，并不特别垂青。

陶光不大为人写字，书名不著。我曾看到他为一个女同学写的小条幅，字较寸楷稍大，写在冷金笺上，气韵流转，无一败笔。写的是唐人诗：

> 故园东望路漫漫，双袖龙钟泪不干。
> 马上相逢无纸笔，凭君传语报平安。

这条字反映了陶光的心情。"炮仗响了"（日本投降那天，昆明到处放鞭炮，云南把这天叫作"炮仗响"的那天）后，联大三校准备北返，三校人事也基本定了，清华、北大都没有聘陶光，他只好滞留昆明。后不久，受聘云大，对"洛阳亲友"，只能"凭君传语"了。

我们回北平，听到一点陶光的消息。经刘文典撮合，他和一个唱滇戏的演员结了婚。

后来听说和滇剧女演员离婚了。

又听说他到台湾教了书。悒郁潦倒，竟至客死台北街头。遗诗一卷，嘱人转交张充和。

正晚上拍着曲子，从窗外飞进一只奇怪的昆虫，不像是动物，像植物，体细长，约有三寸，完全像一截青翠的竹枝。大家觉得很稀罕，吴征镒捏在手里看了看，说这是竹节虫。吴征镒是读生物系的，故能认识这只怪虫，但他并不研究昆虫，竹节虫在他只是常识而已，他钻研的是植物学，特别是植物分类学。他记性极好，"文化大革命"被关在牛棚里，一个看守他的学生给了他一个小笔记本、一支铅笔，他竟能在一个小笔记本上完成一部著作，天头地脚满满地写了蠓虫大的字，有些资料不在手边，他凭记忆引用。出牛棚后，找出资料核对，基本准确；他是学自然科学的，但对文学很有兴趣，写了好些何其芳体的诗，厚厚的一册。他很早就会唱昆曲——吴家是扬州文史世家。唱老生。他身体好,中气足,能把《弹词》的"九转货郎儿"一气唱到底,这在专业的演员都办不到——戏曲演员有个说法:"男怕弹词。"他常唱的还有《疯僧扫秦》。

每次做"同期"(唱昆爱好者约期集会唱曲,叫作同期)必到的是崔芝兰先生。她是联大为数不多的女教授之一,多年来研究蝌蚪的尾巴,运动中因此被斗,资料标本均被毁尽。崔先生几乎每次都唱《西楼记》。女教授,举止自然很端重,但是唱起曲子来却很"嗲"。

崔先生的丈夫张先生也是教授,每次都陪崔先生一起来。张先生不唱,只是端坐着听,听得很入神。

除了联大、云大师生,还有一些外来的客人来参加同期。

有一个女士大概是某个学院的教授的或某个高级职员的夫人。她身材匀称，小小巧巧，穿浅色旗袍，眼睛很大，眉毛的弧线异常清楚，神气有点天真，不作态，整个脸明明朗朗。我给她起了个外号"简单明了"，朱德熙说："很准确。"她一定还要操持家务，照料孩子，但只要接到同期通知，就一定放下这些，欣然而来。

有一位先生，大概是襄理一级的职员，我们叫他"聋山门"。他是唱大花面的，而且总是唱《山门》，他是个聋子——并不是板聋，只是耳音不准，总是跑调。真也亏给他撩笛的张宗和先生，能随着他高低上下来回跑。聋子不知道他跑调，还是气势磅礴地高唱：

"树木叉桠，峰峦如画，堪潇洒，喂呀，闷煞洒家，烦恼天来大！"

给大家吹笛子的是张宗和,几乎所有人唱的时候笛子都由他包了。他笛风圆满,唱起来很舒服。夫人孙凤竹也善唱曲,常唱的是《折柳·阳关》,唱得很婉转。"叫他关河到处休离剑,驿路逢人数寄书",闻之使人欲涕。她身弱多病,不常唱。张宗和温文尔雅,孙凤竹风致楚楚,有时在晚翠园(他们就住在晚翠园一角)并肩散步,让人想起"拣名门一例一例里神仙眷"(《惊梦》)。他们有一个女儿,美得像一块玉。张宗和后调往贵州大学,教中国通史。孙凤竹死于病。不久,听说宗和也在贵阳病殁。他们岁数都不大,宗和只三十左右。[1]

有一个人,没有跟我们一起拍过曲子,也没有参加过同期,但是她的唱法却在曲社

---

[1] 此处作者误记,孙凤竹一九四四年去世时只有二十四五岁,张宗和于三十多年后的一九七七年去世,终年六十三岁。——编者注

中产生很大的影响,张充和。她那时好像不在昆明。

张家姊妹都会唱曲。大姐因为爱唱曲,嫁给了昆曲传习所的顾传玠。张家是合肥望族,大小姐却和一个昆曲演员结了婚,门不当,户不对,张家在儿女婚姻问题上可真算是自由解放,突破了常规。二姐是个无事忙,她不大唱,只是对张罗办曲会之类的事非常热心。三姐兆和即我的师母,沈从文先生的夫人。她不太爱唱,但我却听过她唱《扫花》,是由我给她吹的笛子。四妹充和小时没有进过学校,只是在家里延师教诗词,拍曲子。她考北大,数学是零分,国文是一百分,北大还是录取了她。她在北大很活跃,爱戴一顶红帽子,北大学生都叫她"小红帽"。

她能戏很多,唱得非常讲究,运字行腔,精微细致,真是"水磨腔"。我们唱的《思凡》《学堂》《瑶台》,都是用的她的唱法

（她灌过几张唱片）。她唱的"受吐"，娇慵醉媚，若不胜情，难可比拟。

张充和兼擅书法，结体用笔似晋朝人。

许宝骤先生是数论专家。但是曲子唱得很好。许家是昆曲大家，会唱曲子的人很多。俞平伯先生的夫人许宝驯就是许先生的姐姐。许先生听过我唱的一支曲子，跟我们的系主任罗常培（莘田）说，他想教我一出《刺虎》。罗先生告诉了我，我自然是愿意的，但稍感意外。我不知道许先生会唱曲子，更没想到他为什么主动提出要教我一出戏。我按时候去了，没有说多少话，就拍起曲子来：

"银台上晃晃的风烛燉，金猊内袅袅的香烟喷……"

许先生的曲子唱得很大方，《刺虎》完全是正旦唱法。他的"擞"特别好，摇曳生姿而又清清楚楚。

许茹香是每次同期必到的。他在昆明航空公司供职,是经理查阜西的秘书。查先生有时也来参加同期,他不唱曲子,是来试吹他所创制的十二平均律的无缝钢管的笛子的(查先生是"国民政府"的官员,但是雅善音乐,除了研究曲律,还搜集琴谱,解放后曾任中国音协副主席)。许茹香,同期的日子他是不会记错的,因为同期的帖子是他用欧底赵面的馆阁体小楷亲笔书写的。许茹香是个戏篓子,什么戏都会唱,包括《花判》(《牡丹亭》)这样的专业演员都不会的戏。他上了岁数,吹笛子气不够,就带了一支"老人笛",吹着玩玩。

这是一个非常有趣的老人。他做过很多事,走过很多地方,会说好几种地方的话。有一次说了一个小笑话。有四个人,苏州人、绍兴人、宁波人、扬州人,一同到一个庙里,看到四大金刚,苏州人、绍兴人、宁波人各人说了几句话，都有地方特点。轮到扬州人，扬州人赋诗一首：

> 四大金刚不出奇，里头是草外头是泥。
> 你不要夸你个子大，你敢跟我洗澡去！

扬州人好洗澡。早上皮包水，晚上水包皮。"去"读"kì"，正是扬州口音。

同期只供茶水。偶在拍曲后亦作小聚。大馆子吃不起，只能吃花不了多少钱的小馆。是"打平伙"——北京人谓之"吃公墩"，各人自己出钱。翠湖西路有一家北京人开的小馆，卖馅儿饼、大米粥，我们去吃了几次。吃完了结账，掌柜的还在低头扒算盘，许宝騄先生已经把钱敛齐了交到柜上。掌柜的诧异：怎么算得那么快？他不知道算账的是一位数论专家，这点小九九还在话下吗？

参加同期、曲会的,多半生活清贫,然而在百物飞腾、人心浮躁之际,他们还能平平静静地做学问,并能在高吟浅唱、曲声笛韵中自得其乐,对复兴民族大业不失信心,不颓唐,不沮丧,他们是浊世中的清流,旋涡中的砥柱。他们中不少人对文化、科学做出了很大的成绩。安贫乐道,恬淡冲和,是中国的知识分子优良的传统。这个传统应该得到继承,得到扶植发扬。

审如此,则曲社同期无可非议。晚翠园是可怀念的。

一九九六年春节

## 怀念德熙

德熙原来是念物理系的,大学二年级,才转到中文系来。他的数学底子很好。这样,他才能和王竹溪先生合作,测定一件青铜器的容积。

我和德熙大一时就认识。我们认识是因为在一起唱京剧。有时也一同去看厉家班的戏。后来云南大学组织了一个曲社,我们一起去拍曲子,做"同期",几乎一次不落。我后来不唱昆曲了,德熙是一直唱着的。他的爱好影响了他的夫人何孔敬。他们到美国去,我想是会带了一支笛子去的。

德熙不蓄字画。他家里挂着的只有一条齐

白石的水印木刻梨花和我给他画的墨菊横幅。他家里没有什么贵重的摆设，但是窗明几净、一尘不染，瓶花灯罩朴朴素素、位置得宜，表现出德熙一家的审美趣味。

同时具备科学头脑和艺术家的气质，我以为是德熙能在语言学、古文字学上取得很大成绩的优越条件。也许这是治人文科学的学者都需要具备的条件。

德熙的治学，完全是超功利的。在大学读书时生活清贫，但是每日孜孜、手不释卷。后来在大学教书，还兼了行政职务，往来的国际、国内学者又多，很忙，但还是不疲倦地从事研究写作。我每次到他家里去，总看到他的书桌上有一篇没有写完的论文，摊着好些参考资料和工具书。研究工作，在他是辛苦的劳动，但也是一种超级的享受。他所以乐此不倦，我觉得，是因为他随时感受到语言和古文字的美。一切科学，到了最后，都是美学。德熙上课，是很能吸引学生的。我听过不止一个他的学生说过：语法本来是很枯燥的，朱先生却能讲得很有趣味，常常到了吃饭的钟声响了，学生还舍不得离开。为什么能这样？我想是德熙把他对于语言、对于古文字的美感传染给了学生。感受到工作中的美，这样活着，才有意思。

德熙是个感情不甚外露的人，但是是一个很有感情的人。他对家人子女、第三代，都怀有一种含蓄、温和，但是很深的爱。对青年学者也是如此。我不止一次听他谈起过裘锡圭先生，语气是发现了一个天才。"君有奇才我不贫"，德熙就是这样对待后辈的。

德熙对师长是很尊敬的，对唐立厂先生、王了一先生、吕叔湘先生，都是如此。他后来是国际知名的学者了，但没有一般的"后起之秀"的傲气。我没有听他说过一句关于前辈的刻薄话。

德熙乐于助人，师友中遇有困难，德熙总设法帮助他"解决问题"。因此他的人缘很好。不少人提起德熙，都说"朱德熙人很好"。一个人被人说是"人很好"并不容易。我以为这是最高的称赞。

德熙今年七十二岁（他、李荣和我是同年），按说寿数也不算短，但是他还有许多工作可以做，他应该再过几年清闲安静的日子，遽然离去，叫人不得不感到非常遗憾。

一九九二年九月七日

## 未尽才

### ——故人偶记

#### 陶光

陶光字重华,但我们背后都只叫他陶光。他是我的大一国文教作文的老师。西南联大大一教课文和教作文的是两个人。教课文的是教授、副教授,教作文的一般是讲师、助教。陶光当时是助教。陶光面白皙,风度翩翩。他有个特点,上课穿了两件长衫来,都是毛料的,外面一件是铁灰色的,里面一件是咖啡色的。进了教室就把外面一件脱了,挂在墙上的钉子上。外面一件就成了夹大衣。教作文,主要是修改学生的作文、评讲。他有时评讲到得意处，就把眼睛闭起来，很陶醉。有一个也是姓陶的女同学写了一篇抒情散文，记下雨天听一盲人拉二胡的感受，陶先生在一段的末尾给她加了一句："那湿冷的声音湿冷了我的心。"当时我就记住了。也许是因为第二个"湿冷"是形容词作动词用，有点新鲜。也许是这一句的感伤主义情绪。

他后来转到云南大学教书去了，好像升了讲师。

后来我跟他熟起来是因为唱昆曲。云南大学中文系成立了一个曲社，教学生拍曲子的，主要的教师是陶光。吹笛子的是历史系教员张宗和。陶先生的曲子唱得很好，是跟红豆馆主学过的。他是唱冠生的，嗓子很好，高亮圆厚，底气很足。《拾画叫画》《八阳》《三醉》《琵琶记·辞朝》《迎像哭像》……都唱得慷慨淋漓，非常有感情。用现在的说法，他唱曲子是很"投入"的。

他主攻的学问是什么，我不了解。他是刘文典的学生，好像研究过《淮南子》。据说他的旧诗写得很好，我没有见过。他的字写得很好，是写二王的。我见过他为刘文典的《〈淮南子〉校注》石印本写的扉页的书题，极有功力。还见过他为一个同学写的小条幅，是写在桃红地子的冷金笺上的，三行：

故园东望路漫漫，双袖龙钟泪不干。
马上相逢无纸笔，凭君传语报平安。

字有《圣教序》笔意。选了这首唐诗，大概是有所感的，那时已是抗战胜利，联大的老师、同学都作北归之计，他还要滞留云南。他常有感伤主义的气质，触景生情是很自然的。

他留在云南大学教书。我们北上后不大知道他的消息。听说经刘文典做媒，和一个唱滇戏的女演员结了婚。后来好像又离了。滇戏演员大概很难欣赏这位才子。

全国解放前他去了台湾，大概还是教书。后在台湾客死，遗诗一卷。我总觉得他在台湾是寂寞的。


## 陆

真抱歉，我连他的真名都想不起来了。和他同时期的研究生都叫他"小陆克"。陆克是三十年代美国滑稽电影明星。叫他小陆克是没有道理的。他没有哪一点像陆克，只是因为他姓陆。长脸，个儿很高。两腿甚长，走起路来有点打晃。这个人物有点传奇性，他曾经徒步旅行了大半个中国。所以能完成这一壮举，大概是因为他腿长。

他在云南大学附近的一所中学——南英中学兼一点课，我也在南英中学教一班国文，联大同学在中学兼课的很多，这样我们就比较熟了。他的特点是一天到晚泡茶馆,可称为联大泡茶馆的冠军。他把脸盆、毛巾、牙刷都放在南英中学下坡对面的一家茶馆里,早起到茶馆洗脸,然后泡一碗茶,吃两个烧饼。他的手指特别长,拿烧饼的姿势是兰花手。吃了烧饼就喝茶看书。他好像是历史系的研究生,所看的大都是很厚的外文书。中午,出去随便吃点东西,回来重要一碗茶,接着泡。看书,整个下午。晚上出去吃点东西,回来接着泡。一直到灯火阑珊,才挟了厚书回南英中学睡觉。他看了那么多书,可是一直没见他写过什么东西。联大的研究生、高年级的学生,在茶馆里喜欢高谈阔论,他只是在一边听着,不发表他的见解。他到底有没有才华?我想是有的。也许他眼高手低?也许天性羞涩,不爱表现?

他后来到了重庆,听说生活很潦倒,到了吃不上饭。终于死在重庆。

## 朱南铣

朱南铣是个怪人。我是通过朱德熙和他认识的。德熙和他是中学同学。他个子不高，长得很清秀，一脸聪明相，一看就是江南人。研究生都很佩服他，因为他外文、古文都很好，很渊博。他和另外几个研究生被人称为"无锡学派"，无锡学派即钱锺书学派，其特点是学贯中西、博闻强记。他是念哲学的，可是花了很长时间钻研滇西地理。

他家在上海开钱庄，他有点"小开"脾气。我们几个人：朱德熙、王逊、徐孝通常和他一起喝酒。昆明的小酒铺都是窄长的小桌子，盛酒的是莲蓬大的绿陶小碗，一碗一两。朱南铣进门，就叫"摆满"，排得一桌酒碗。他最讨厌在吃饭时有人在后面等座。有一天，他和几个人快吃完了，后面的人以为这张桌子就要空出来了，不料他把堂倌叫来：

"再来一遍。"——把刚才上过的菜原样再上一次。

他只看外文和古文的书,对时人著作一概不看。我和德熙到他家开的钱庄去看他,他正躺在藤椅上看方块报。说:"我不看那些学术文章,有时间还不如看看方块报。"

他请我们几个人到老正兴吃螃蟹喝绍兴酒。那天他和我都喝得大醉,回不了家,德熙等人把我们两人送到附近一家小旅馆睡了一夜。德熙后来跟我说:"你和他喝酒不能和他喝得一样多。如果跟他喝得一样多,他一定还要再喝。"这人非常好胜。

他后来在人民文学出版社当编辑,研究《红楼梦》。

听说他在咸宁干校,有一天喝醉酒,掉到河里淹死了。

他没有留下什么著作。他把关于《红楼梦》的独创性的见解都随手记在一些香烟盒上。据说有人根据他在香烟盒子上写的一两句话写了很重要的论文。

（初刊于一九九二年）

## 蔡德惠

我与蔡德惠君说不上什么交情,只是我很喜欢他这个人。同在联大新校舍住了几年,彼此似乎是毫无来往。他不大声说话,也没有引人注意的举动,除了他系里学术上的集会,他大概很少参加人多的场合(我印象如此,许是错了,也未可知),我们那个时候认得他的人恐怕不多。我只记得有一次,一个假日,人多出去了,新校舍显得空空的,树木特别的绿,他一个人在井边草地上洗衣服,一脸平静自然,样子非常的好。自此他成为我一个不能忘去的人。他仿佛一直是如此。既是一个人,照理都有忧苦激愤,感情失常的时候,蔡君短短一生之中自必也见过遇过若干足以搅乱他的事情，我与他相知甚浅，不能接触到他生活全面，无由知道。凡我历次所见，他都是那么对世界充满温情，平静而自然的样子。我相信他这样的时候最多。也不知怎么一来，彼此知道名字，路上见到也点点头。他人颇瘦小，精神还不错。

我离开联大到昆明乡下一个中学去教书，就不大再看到他。学校同事中也有熟识他的人，可是谈话中未听见提过他名字。想是他们以为我不认得他。再者他人极含蓄，一身也无甚"故事"可以做谈话资料，或说无甚可以作为谈话资料的故事。我就知道他在生物系书读得极好，毕业后研究植物分类学，很有希望，研究室在什么地方，我亦熟悉，他大概经常在里面工作。有一次学校里教生物的两个先生告诉我要带学生出去看一次，问我高兴不高兴一起去走走，说："蔡德惠也来的。"果然没有几天他就来了。带了一大队学生出去，大家都围着他，随便掐一片叶子，找一朵花，问他，他都娓娓地说出这东西叫什么，生活情形，分布情形如何，有个什么故事与这有关，哪一篇诗里提到过它。说话还是轻轻的，温和清楚。现在想起来，当时不觉得，他似乎比以前更瘦了些。是秋天，野地里开了许多红白蓼花。他好像是穿了一件灰色长衫。

后来，有一次，雨季，我到联大去。太阳一收，雨忽然来了，相当的大，当时正走过他的研究室，心想何不看看他去。一推门就进去了，我来，他毫不觉得突兀。稍微客气地接待我。仿佛谁都可以推开他的门进去的一样。一进门我就看见他墙上一只蛾子，颜色如红宝石，略有黑色斑纹。他指点给我看，说了一些关于蛾蝶的事。他四壁都是植物标本，层层叠叠，尚待整理。他说有好些都是从滇西采集来的，拿出好些东西给我看，都极其特别。他让我拣两样带回去玩,我挑了几片木蝴蝶。这几片东西一直夹在我一本达尔文的书里。到他死后,有一天还翻出来过。现在那本书丢在昆明,若有人翻出,大概会不知道它是什么玩意儿,更无从想象是如何得来的了。那天他说话依然极其平和,如说家常,无一分讲堂气。但有一种隐隐的热烈,他把感情都倾注在工作上了,真是一宗爱的事业。

天晴了,我们出来,在他手营的小花圃里看了看,花圃里最亮的一块是金蝶花,正在盛开,黄闪闪的。几丛石竹,则在深深的绿色之中郁郁的红。新雨之后,草头全是水珠。我停步于土墙上一方白色之前,他说,"是个日晷"。所谓日晷,是方方地涂了一块石灰,大小一手可掩,正中垂直于墙面插了一支竹丁。看那根竹丁的影子,知道是什么时候了。不知什么道理,这东西叫人感动,蔡君平时在室内工作,大概常常要出来看一看墙上的影子的吧。我离开那间绿荫深蔽的房子不到几步，已经听到打字机答答地响起来。

这以后我就一直没有看见过他。偶然因为一件小事，想起这么一个沉默的谦和的人品，那么庄严认真地工作，觉得人世甚不寂寞，大有意思。

忽然有一天，朋友告诉我，"蔡德惠进了医院，已经不行了，肺差不多烂完了，一点办法都没有，明天，最多是后天的事情。"

"以前没有听说他有病呀？"

"是呢。一直也没有发现。一定很久了，不知道他自己怎么没觉得，一来就吐了血，送医院一检查。……"

当时我竟未到医院里去看看他。过两天，有人通知我什么时候在联大新校舍后面广场上火化，我又糊里糊涂没有去参加。现在人死了已近半年，大家都离开云南，我不知道他孤坟何处，在上海这个人海之中，却又因为一件小事而想起他来，因而写了这篇短文，遥示悼念，希望他生前朋友能够见到。

　　我离开昆明较晚，走之前曾到联大看过几次。那间研究室锁着锁，外面藤萝密密缠满木窗，小花圃已经零落，犹有几枝残花在寂寞中开放，草长得非常非常高。那个日晷还好好的在，雪白，竹丁影子斜斜地落在右边。——这样的结尾，不免俗套，近乎完成一个文章格局，谁如此说，只好由他了。原说过，是想给德惠生前朋友看看的。

（初刊于一九四六年）

## 炸弹和冰糖莲子

我和郑智绵曾同住一个宿舍。我们的宿舍非常简陋,草顶、土墼墙;墙上开出一个一个方洞,安几根带皮的直立的木棍,便是窗户。睡的是双层木床,靠墙两边各放十张,一间宿舍可住四十人。我和郑智绵是邻居。我住三号床的下铺,他住五号床的上铺。他是广东人,他说的话我"识听唔识讲",我们很少交谈。他的脾气有些怪:一是痛恨京剧,二是不跑警报。

我那时爱唱京剧,而且唱的是青衣(我年轻时嗓子很好)。有爱唱京剧的同学带了胡琴到我的宿舍来,定了弦,拉了过门,我一张

嘴,他就骂人:

"丢那妈!猫叫!"

那二年日本飞机三天两头来轰炸,一有警报,联大同学大都"跑警报",从新校舍北门出去,到野地里待着,各干各的事,晒太阳、整理笔记、谈恋爱……直到"解除警报"拉响,才拍拍身上的草末,悠悠闲闲地往回走。"跑警报"有时时间相当长,得一两小时。郑智绵绝对不跑警报。他干什么呢?他留下来煮冰糖莲子。

广东人爱吃甜食,郑智绵是其尤甚者。金碧路有一家广东人开的甜食店,卖绿豆沙、芝麻糊、番薯糖水……番薯糖水有什么吃头?然而郑智绵说"好嘢!"不过他最爱吃的是冰糖莲子。

西南联大新校舍大图书馆西边有一座烧开水的炉子。一有警报,没有人来打开水,炉子的火口就闭了下来,郑智绵就用一个很大的白搪瓷漱口缸来煮莲子。莲子不易烂，不过到解除警报响了，他的莲子也就煨得差不多了。

一天，日本飞机在新校舍扔了一枚炸弹，离开水炉不远，就在郑智绵身边。炸弹不大，不过炸弹带了尖锐哨音往下落，在土地上炸了一个坑，还是挺吓人的。然而郑智绵照样用汤匙搅他的冰糖莲子，神色不动。到他吃完了莲子，洗了漱口缸，才到弹坑旁边看了看，捡起一个弹片（弹片还烫手），骂了一声：

"丢那妈！"

一九九七年三月十八日

## 寄到永玉的展览会上

我与永玉不相见,已经不少日子了。究竟多少日子,我记不上来。永玉可能是记得的。永玉的记性真好!听说今年春夏间他在北京的时候还在沈家说了许多我们从前在上海时的琐事,还向小龙小虎背诵过我在上海所写而没有在那里发表过的文章里的一些句子,"麻大叔不姓麻,脸麻……"我想来想去,这样的句子我好像是写过的,是一篇什么文章可一点想不起来了!因为永玉的特殊的精力充沛的神情和声调,他给这些句子灌注了本来没有的强烈的可笑的成分,小龙小虎后来还不时地忽然提起来,两个人大笑不止。在他们的大笑里,是也可以看出永玉的力量来的。

上海的事情我是不能像永玉那样地生动新鲜地记得了，得要静静地细细地想，才能叫一些细节活动起来。对于永玉的画，木刻，也不能一闭目而仿佛如见之。造型艺术是直接诉诸视觉的东西，不能凭"想"的。永玉上海时期的作品，大都给过我深刻的印象，如《边城》，如《跳傩》，如《鹅城》，如《生命的疲乏》……但是我是无法在纸上或是脑子里"复现"出来的。而且，士别三日，从永玉过去的作品中来拟想这回展览的盛况是完全不合适的。我听说，也相信，永玉已经有了极大的、质的进步了。

永玉后来的作品，我一共见过两次，一是漆印的《开工大吉》；一是在沈家看见的小龙和小虎两人画像，是永玉在北京画了留下来的，现在还挂在沈家墙上，昨天我还在那里看了一会儿。

从小龙的,特别是小虎的像上也是可以看出这种极大的、质的进步来的。

虽然只是一个小小的五寸见方的、即兴画成的头像,可以看出来,第一,比以前更准确了。线画得更稳,更坚牢,更沉着了。如果说永玉从前有一些作品某些地方下笔的时候有着犹疑和冲动,有可商量的余地和年轻的悍然不顾一切的恣意。从这幅画里我看出在这两三年中不知多少次的折腾之后,永玉赢得了把握。永玉是一个更"职业的"画家了,他永远摆脱了过去面对一个创作的时候有时未可尽免的焦灼之情了。用一句极普通的话来说,就是"老练"了。其次,在作风上,也必然地要更凝练、内省,更深更厚了些。另外,永玉在这幅画里也仍然保持一贯的抒情的调子:民间的和民族的,适当的装饰意味;和他所特有的爽亮、乐观、洁净的天真,一种童话式的快乐,一种不可损伤的笑声,所有的这一切在他的精力充沛的笔墨中融成一气，流泻而出，造成了不可及的生动的新鲜的、强烈的效果。永玉的画永远是永玉的画，他的画永远不是纯"职业的"画。

这个展览必将是一个生动新鲜的、强烈的展览。

永玉是有丰富的生活的，他自己从小到大的经历都是我们无法梦见的故事，他的特殊的好"记性"，他的对于事物的多情的、过目不忘的感受，是他的不竭的创作的源泉。这两三年以来中国经历了历史上所未曾有过的翻天覆地的变革，又必然地会直接对他有所影响，直接地有所影响于他的思想方法和创作方法，直接地有所影响于他的画和木刻。我不知道永玉这次展览的作品都是以什么为题材的，但是相信哪怕是一幅风景或者静物，因为接受和表□上都有所改变，一定会显出新的、不同的内容和意义的。但是因为未经目睹，无从臆测，只能说说颇为"形式"的意见了。

　　永玉的画和木刻的方向似乎是将要向相对的装饰和抒怀的成分减弱，或者更恰当地说是把它们变得更深厚，而在原有的优点中更浓重地发展了现实的和古典的因素，逐渐地接近了史诗的风格，更雄大、更深刻起来了。永玉的生活，永玉的爱憎分明的正义的良心都必然□使他的画带着原有的和特有的优点，作进一步地提高。他的作品的思想性会越来越强的。这是我的和永玉的许多朋友的希望。我们相信我们的希望一定将得到满足。

　　我希望永玉的展览获得成功，希望永玉能带着他的画和才能，回到祖国来，更多地和更好地为这个时代、为人民服务。

十二月四日北京
（初刊于一九五一年）

## 老舍先生

北京东城迺兹府丰盛胡同有一座小院。走进这座小院，就觉得特别安静、异常豁亮。这院子似乎经常布满阳光。院里有两棵不大的柿子树（现在大概已经很大了），到处是花，院里、廊下、屋里，摆得满满的。按季更换，都长得很精神、很滋润，叶子很绿，花开得很旺。这些花都是老舍先生和夫人胡絜青亲自莳弄的。天气晴和，他们把这些花一盆盆抬到院子里，一身热汗。刮风下雨，又一盆一盆抬进屋，又是一身热汗。老舍先生曾说："花在人养。"老舍先生爱花，真是到了爱花成性的地步，不是可有可无的了。汤显祖曾说他的词曲

"俊得江山助"。老舍先生的文章也可以说是"俊得花枝助"。叶浅予曾用白描为老舍先生画像,四面都是花,老舍先生坐在百花丛中的藤椅里,微仰着头,意态悠远。这张画不是写实,意思恰好。

客人被让进了北屋当中的客厅,老舍先生就从西边的一间屋子走出来。这是老舍先生的书房兼卧室。里面陈设很简单,一桌、一椅、一榻。老舍先生腰不好,习惯睡硬床。老舍先生是文雅的、彬彬有礼的。他的握手是轻轻的,但是很亲切。茶已经沏出色了,老舍先生执壶为客人倒茶。据我的印象,老舍先生总是自己给客人倒茶的。

老舍先生爱喝茶,喝得很勤,而且很酽。他曾告诉我,到莫斯科去开会,旅馆里倒是为他特备了一只暖壶。可是他沏了茶,刚喝了几口,一转眼,服务员就给倒了。"他们不知道,中国人是一天到晚喝茶的!"

有时候，老舍先生正在工作，请客人稍候，你也不会觉得闷得慌。你可以看看花。如果是夏天，就可以闻到一阵一阵香白杏的甜香味儿。一大盘香白杏放在条案上，那是专门为了闻香而摆设的。你还可以站起来看看西壁上挂的画。

老舍先生藏画甚富，大都是精品。所藏齐白石的画可谓"绝品"。壁上所挂的画是时常更换的。挂的时间较久的，是白石老人应老舍点题而画的四幅屏。其中一幅是很多人在文章里提到过的"蛙声十里出山泉"。"蛙声"如何画？白石老人只画了一脉活泼的流泉，两旁是乌黑的石崖，画的下端画了几只摆尾的蝌蚪。画刚刚裱起来时，我上老舍先生家去，老舍先生对白石老人的设想赞叹不止。

老舍先生极其爱重齐白石，谈起来总是充满感情。我所知道的一点白石老人的逸事，大都是从老舍先生那里听来的。老舍先生谈这四幅里原来点的题有一句是苏曼殊的诗（是哪一句我忘记了），要求画卷心的芭蕉。老人踌躇了很久，终于没有应命，因为他想不起芭蕉的心是左旋还是右旋的了，不能胡画。老舍先生说："老人是认真的。"老舍先生谈起过，有一次要拍齐白石的画的电影，想要他拿出几张得意的画来，老人说："没有！"后来由他的学生再三说服动员，他才从画案的隙缝中取出一卷（他是木匠出身，他的画案有他自制的"消息"），外面裹着好几层报纸，写着四个大字："此是废纸。"打开一看，都是惊人的杰作——就是后来纪录片里所拍摄的。白石老人家里人口很多，每天煮饭的米都是老人亲自量，用一个香烟罐头。"一下、两下、三下……行了！"——"再添一点，再添一点！"——"吃那么多呀！"有人曾提出把老人接出来住，这么大岁数了，不要再操心这样的家庭琐事了。老舍先生知道了，给拦了，说:"别!他这么着惯了。不叫他干这些,他就活不成了。"老舍先生的意见表现了他对人的理解,对一个人生活习惯的尊重,同时也表现了对白石老人真正的关怀。

老舍先生很好客,每天下午,来访的客人不断。作家,画家,戏曲、曲艺演员……老舍先生都是以礼相待,谈得很投机。

每年,老舍先生要把市文联的同人约到家里聚两次。一次是菊花开的时候,赏菊。一次是他的生日——我记得是腊月二十三。酒菜丰盛,而有特点。酒是"敞开供应",汾酒、竹叶青、伏特卡,愿意喝什么喝什么,能喝多少喝多少。有一次很郑重地拿出一瓶葡萄酒,说是毛主席送来的,让大家都喝一点。菜是老舍先生亲自掂配的。老舍先生有意叫大家尝尝地道的北京风味。我记得有次有一瓷钵芝麻酱炖黄花鱼。这道菜我从未吃过,以后也再没有吃过。老舍家的芥末墩是我吃过的最好的芥末墩！有一年，他特意订了两大盒"盒子菜"。直径三尺许的朱红扁圆漆盒，里面分开若干格，装的不过是火腿、腊鸭、小肚、口条之类的切片，但都很精致。熬白菜端上来了，老舍先生举起筷子："来来来！这才是真正的好东西！"

老舍先生对他下面的干部很了解，也很爱护。当时市文联的干部不多，老舍先生对每个人都相当清楚。他不看干部的档案，也从不找人"个别谈话"，只是从平常的谈吐中就了解一个人的水平和才气，那是比看档案要准确得多的。老舍先生爱才，对有才华的青年，常常在各种场合称道，"平生不解藏人善，到处逢人说项斯"。而且所用的语言在有些人听起来是有点过甚其词，不留余地的。老舍先生不是那种惯说模棱两可、含糊其词、温吞水一样的官话的人。我在市文联几年，始终感到领导我们的是一位作家。他和我们的关系是前辈与后辈的关系，不是上下级关系。老舍先生这样"作家领导"的作风在市文联留下很好的影响，大家都平等相处，开诚布公，说话很少顾虑，都有点书生气、书卷气。他的这种领导风格，正是我们今天很多文化单位的领导所缺少的。

老舍先生是市文联的主席，自然也要处理一些"公务"，看文件，开会，做报告（也是由别人起草的）……但是作为一个北京市的文化工作的负责人，他常常想一些别人没有想到或想不到的问题。

北京解放前有一些盲艺人，他们沿街卖艺，有时还兼带算命，生活很苦。他们的"玩意儿"和睁眼的艺人不全一样。老舍先生和一些盲艺人熟识，提议把这些盲艺人组织起来，使他们的生活有出路，别让他们的"玩意儿"绝了。为了引起各方面的重视，他把盲艺人请到市文联演唱了一次。老舍先生亲自主持，作了介绍，还特烦两位老艺人翟少平、王秀卿唱了一段《当皮箱》。这是一个喜剧性的牌子曲，里面有一个人物是当铺的掌柜，说山西话；有一牌子叫"鹦哥调"，句尾的和声用喉舌做出有点像母猪拱食的声音，很特别，很逗。这个段子和这个牌子，是睁眼艺人没有的。老舍先生那天显得很兴奋。

北京有一座智化寺，寺里的和尚做法事和别的庙里的不一样，演奏音乐。他们演奏的乐调不同凡响，很古。所用乐谱别人不能识，记谱的符号不是工尺，而是一些奇奇怪怪的笔道。乐器倒也和现在常见的差不多，但主要的乐器却是管。据说这是唐代的"燕乐"。解放后，寺里的和尚多半已经各谋生计了，但还能集拢在一起。老舍先生把他们请来，演奏了一次。音乐界的同志对这堂活着的古乐都很感兴趣。老舍先生为此也感到很兴奋。

《当皮箱》和"燕乐"的下文如何，我就

不知道了。

老舍先生是历届北京市人民代表。当人民代表就要替人民说话。以前人民代表大会的文件汇编是把代表提案都印出来的。有一年老舍先生的提案是：希望政府解决芝麻酱的供应问题。那一年北京芝麻酱缺货。老舍先生说："北京人夏天离不开芝麻酱！"不久，北京的油盐店里有芝麻酱卖了，北京人又吃上了香喷喷的麻酱面。

老舍是属于全国人民的，首先是属于北京人的。

一九五四年，我调离北京市文联，以后就很少上老舍先生家里去了。听说他有时还提到我。

一九八四年三月二十日

**赵树理同志二三事**

赵树理同志身高而瘦。面长鼻直，额头很高。眉细而微弯，眼狭长，与人相对，特别是倾听别人说话时，眼角常若含笑。听到什么有趣的事，也会咕咕地笑出声来。有时他自己想到什么有趣的事，也会咕咕地笑起来。赵树理是个非常富于幽默感的人。他的幽默是农民式的幽默，聪明、精细而含蓄，不是存心逗乐，也不带尖刻伤人的芒刺，温和而有善意。他只是随时觉得生活很好玩，某人某事很有意思，可发一笑，不禁莞尔。他的幽默感在他的作品里和他的脸上随时可见（我很希望有人写一篇文章，专谈赵树理小说中的幽默感，我以为这是他的小说的一个很大的特点)。赵树理走路比较快(他的腿长;他的身体各部分都偏长,手指也长),总好像在侧着身子往前走,像是穿行在热闹的集市的人丛中,怕碰着别人,给别人让路。赵树理同志是我见到过的最没有架子的作家,一个让人感到亲切的、妩媚的作家。

树理同志衣着朴素,一年四季,总是一身蓝卡叽布的制服。但是他有一件很豪华的"行头",一件水獭皮领子、礼服呢面的狐皮大衣。他身体不好,怕冷,冬天出门就穿起这件大衣来。那是刚"进城"的时候买的。那时这样的大衣很便宜,拍卖行里总挂着几件。奇怪的是他下乡体验生活,回到上党农村,也是穿了这件大衣去。那时作家下乡,总得穿得像个农民,至少像个村干部,哪有穿了水獭领子狐皮大衣下去的?可是家乡的农民并不因为这件大衣就和他疏远隔阂起来,赵树理还是他们的

"老赵",老老少少,还是跟他无话不谈。看来,能否接近农民,不在衣裳。但是敢于穿了狐皮大衣而不怕农民见外的,恐怕也只有赵树理同志一人而已。——他根本就没有考虑穿什么衣服"下去"的问题。

他吃得很随便。家眷未到之前,他每天出去"打游击"。他总是吃最小的饭馆。霞公府(他在霞公府市文联宿舍住了几年)附近有几家小饭馆,树理同志是常客。这种小饭馆只有几个菜。最贵的菜是小碗坛子肉,最便宜的菜是"炒和菜盖被窝"——菠菜炒粉条,上面盖一层薄薄的摊鸡蛋。树理同志常吃的菜便是炒和菜盖被窝。他工作得很晚,每天十点多钟要出去吃夜宵。和霞公府相平行的一个胡同里有一溜卖夜宵的摊子。树理同志往长板凳上一坐,要一碗馄饨、两个烧饼夹猪头肉,喝二两酒,自得其乐。

喝了酒,不即回宿舍,坐在传达室,用两

个指头当鼓箭，在一张三屉桌子上打鼓。他打的是上党梆子的鼓。上党梆子的锣经和京剧不一样，很特别。如果有外人来，看到一个长长脸的中年人，在那里如醉如痴地打鼓，绝不会想到这就是作家赵树理。

赵树理是一个多才多艺的农村才子。王春同志在一篇文章中提到过树理同志曾在一个集上一个人唱了一台戏：口念锣经过门，手脚并用作身段，还误不了唱。这是可信的。我就亲眼见过树理同志在市文联内部晚会上表演过起霸。见过高盛麟、孙毓堃起霸的同志，对他的上党起霸不是那么欣赏，他还是口念锣经，一丝不苟地起了一趟"全霸"，并不是比画两下就算完事。虽是逢场作戏，但是也像他写小说、编刊物一样的认真。

赵树理同志很能喝酒，而且善于划拳。他的划拳是一绝：两只手同时用，一会儿出右手，一会儿出左手。老舍先生那几年每年要请两次客，把市文联的同志约去喝酒。一次是秋天，菊花盛开的时候，赏菊（老舍先生家的菊花养得很好，他有个哥哥，精于艺菊，称得起是个"花把式"）；一次是腊月二十三，那天是老舍先生的生日。酒、菜，都很丰盛而有北京特点。老舍先生豪饮（后来因血压高戒了酒），而且划拳极精。老舍先生划拳打通关，很少输的时候。划拳是个斗心眼的事，要琢磨对方的拳路，判定他会出什么拳。年轻人斗不过他，常常是第一个"俩好"就把小伙子"一板打死"。对赵树理，他可没有办法，树理同志这种左右开弓的拳法，他大概还没有见过，很不适应，结果往往败北。

赵树理同志讲话很"随便"。那一阵很多人把中国农村说得过于美好，文艺作品尤多粉饰，他很有意见。他经常回家乡，回来总要做一次报告，说说农村见闻。他认为农民还是很穷，日子过得很艰难。他戏称他戴的一块表为

"五驴表",说这块表的钱在农村可以买五头毛驴。——那时候谁家能买五头毛驴,算是了不起的富户了。他的这些话是不合时宜的,后来挨了批评,以后说话就谨慎一点了。

赵树理同志抽烟抽得很凶。据王春同志的文章说,在农村的时候,嫌烟袋锅子抽了不过瘾,用一个山药蛋挖空了,插一根小竹管,装了一"蛋"烟,狂抽几口,才算解气。进城后,他抽烟卷,但总是抽最次的烟。他抽的是什么牌子的烟,我不记得了,只记得是棕黄的皮儿,烟味极辛辣。他逢人介绍这种牌子的烟,说是价廉物美。

赵树理同志担任《说说唱唱》的副主编,不是挂一个名,他每期都亲自看稿、改稿。常常到了快该发稿的日期,还没有合用的稿子,他就把经过初、二审的稿子抱到屋里去,一篇一篇地看,差一点的,就丢在一边,弄得满室狼藉。忽然发现一篇好稿,就欣喜若狂,即交编辑部发出。他把这种编辑方法叫作"绝处逢生法"。有时实在没有较好的稿子，就由编委之一，自己动手写一篇。有一次没有像样的稿子，大概是康濯同志说："老赵，你自己搞一篇！"老赵于是关起门来炮制。《登记》（即《罗汉钱》）就是在这种等米下锅的情况下急就出来的。

赵树理同志的稿子写得很干净清楚，几乎不改一个字。他对文字有"洁癖"，容不得一个看了不舒服的字。有一个时候，有人爱用"妳"字。有的编辑也喜欢把作者原来用的"你"改"妳"。树理同志为此极为生气。两个人对面说话，本无须标明对方是不是女性。世界语言中第二人称代名词也极少分性别的。"妳"字读"奶"，不读"你"。有一次树理同志在他的原稿第一页页边写了几句话："编辑、排版、校对同志注意：文中所有'你'字一律不得改为'妳'字，否则要负法律责任。"

树理同志的字写得很好。他写稿一般都用红格直行的稿纸，钢笔。字体略长，如其人，看得出是欧字、柳字的底子。他平常不大用毛笔。他的毛笔字我只见过一幅，字极潇洒，而有功力。是在劳动人民文化宫见到的。劳动人民文化宫刚成立，负责"宫务"的同志请十几位作家用宣纸毛笔题词，嵌以镜框，挂在会议室里。也请树理同志写了一幅。树理同志写了六句李有才体的通俗诗：

　　古来数谁大，皇帝老祖宗。
　　今天数谁大，劳动众弟兄。
　　还是这座庙[1]，换了主人翁！

一九九〇年六月八日

---

1　劳动人民文化宫原是太庙。

## 才子赵树理

赵树理是个高个子。长脸。眉眼也细长。看人看事,常常微笑。

他是个农村才子。有时赶集,他一个人能唱一台戏。口念锣鼓,拉过门,走身段,夹白带做还误不了唱。他是长治人,唱的当然是上党梆子。他在单位晚会上曾表演过。下班后他常一个人坐在传达室里,用两个指头当鼓箭,敲打锣鼓,如醉如痴,非常"投入"。严文井说赵树理五音不全。其实赵树理的音准是好的,恐怕倒是严文井有点五音不全,听不准。不过是他的高亢的上党腔实在有点吃他不消?他爱"起霸",也是揸手舞脚,看过北京的武生起霸,再看赵树理的,觉得有点像螳螂。

  他能弹三弦,不常弹。他会刻图章,我没有见过。他的字写得很好,是我见过的作家字里最好的,他的小说《金字》写的大概是他自己的真事。字是欧字底子,结体稍长,字如其人。他的稿子非常干净,极少涂改。他写稿大概不起草。我曾见过他的底稿,只是一些人物名姓,东一个西一个,姓名之间牵出一些细线,这便是原稿了,考虑成熟,一气呵成。赵树理衣着不讲究,但对写稿有洁癖。他痛恨人把他文章中的"你"字改成"妳"字(有一个时期有些人爱写"妳"字,这是一种时髦),说:"当面说话,第二人称,为什么要分性别?——'妳'也不读'你'!"他在一篇稿子的页边批了一行字:"排版校对同志请注意,文内所有'你'字,一律不准改为'妳',否则要负法律责任。"这篇稿子是经我手发的,故记得很清楚。

赵树理是《说说唱唱》副主编，实际上是执行主编。他是负责发稿的。有时没有好稿，稿发不出，他就从编辑部抱了一堆稿子回屋里去看，不好，就丢在一边，弄得一地都是废稿。有时忽然发现一篇好稿，就欣喜若狂。他说这种编辑方法是"绝处逢生"。陈登科的《活人塘》就是这样发现的。这篇作品能够发表也真有些偶然，因为稿子有许多空缺的字和陈登科自造的字，有一个"馬"字，大家都猜不出，后来是康濯猜出来了，是"趴"，馬（马的繁体字）没有四条腿，可不是趴下了？写信去问陈登科，果然！

有时实在没有好稿，康濯就说："老赵，你自己来一篇吧！"赵树理关上门，写出了一篇名著《登记》（即《罗汉钱》）。

赵树理吃食很随便，随便看到路边的一个小饭摊，坐下来就吃。后来是胡乔木同志跟他说："你这么乱吃，不安全，也不卫生。"他才有点选择。他爱喝酒。每天晚上要到霞公府间壁一条胡同的馄饨摊上,来二三两酒,一碟猪头肉,吃两个芝麻烧饼,喝一碗馄饨。他和老舍感情很好。每年老舍要在家里请市文联的干部两次客,一次是菊花开的时候,赏菊;一次是腊月二十三,老舍的生日。赵树理必到,喝酒,划拳。老赵划拳与众不同,两只手出拳,左右开弓,一会儿用左手,一会儿用右手。老舍摸不清老赵的拳路,常常败北。

赵树理很有幽默感。赵树理的幽默和老舍的幽默不同。老舍的幽默是市民式的幽默,赵树理的幽默是农民式的幽默。他常常想到一点什么事,独自咕咕地笑起来,谁也不知道他笑的什么。他爱给他的小说里的人起外号:翻得高、糊涂涂(均见《三里湾》)……他写的散文中有一个国民党小军官爱训话,训话中爱用"所以",而把"所以"连读成为"水",于是农民听起来很奇怪:他干吗老说"水"呀?

他写的《催租吏》为了"显派",戴了一副红玻璃的眼镜,眼镜度数不对,他就这样深一脚浅一脚地在农村的土路上走。

他抨击时事,也往往以幽默的语言出之。有一个时期,很多作品对农村情况多粉饰夸张,他回乡住了一阵,回来作报告,说农村情况不像许多作品那样好,农民还很苦,城乡差别还很大,说,我这块表,在农村可以买五头毛驴,这是块"五驴表!"他因此受到批评。

赵树理的小说有其独特的抒情诗意。他善于写农村的爱情、农村的女性,她们都很美,小飞蛾(《登记》)是这样,小芹(《小二黑结婚》)也是这样,甚至三仙姑(《小二黑结婚》)也是这样。这些,当然有赵树理自己的感情生活的忆念,是赵树理的初恋感情的折射。但是赵树理对爱情的态度是纯真的,圣洁的。

××市文联有一个干部×××是一个一贯

专搞男女关系的淫棍。他的乱搞简直到了不可想象的地步。他很注意保养,每天喝一大碗牛奶。看传达室的老田在他的背后说:"你还喝牛奶,你每天吃一条牛也不顶!"×××和一个女的胡搞,用赵树理的大衣垫在下面,把赵树理的一件貂皮领子礼服呢面的狐皮大衣也弄脏了。赵树理气极了,拿了这件大衣去找文联副主席李伯钊,说:"这是怎么回事!"事隔多日,老赵调回山西,大家送他出门,老赵和大家一一握手。×××也来了,老赵趴在地下给×××磕了一个头,说:"×××我可不跟你在一起了!"

(初刊于一九九七年)

# 名优逸事

## 萧长华

萧先生八十多岁时身体还很好。腿脚利落,腰板不塌。他的长寿之道有三:饮食清淡,经常步行,问心无愧。

萧先生从不坐车。上哪儿去,都是地下走。早年在宫里"当差",上颐和园去唱戏,也都是走着去,走着回来,从城里到颐和园,少说也有三十里。北京人说:走为百练之祖,是一点不错的。

萧老自奉甚薄。他到天津去演戏,自备伙食。一棵白菜,两刀切四爿,一顿吃四分之一。餐餐如此：窝头，熬白菜。他上女婿家去看女儿，问："今儿吃什么呀？"——"芝麻酱拌面，炸点花椒油。""芝麻酱拌面，还浇花椒油呀？！"

萧先生偶尔吃一顿好的：包饺子。他吃饺子还不蘸醋。四十个饺子，装在一个盘子里，浇一点醋，特喽特喽，就给"开"了。

萧先生不是不懂得吃。有人看见，在酒席上，清汤鱼翅上来了，他照样扁着筷子夹了一大块往嘴里送。

懂得吃而不吃，这是真的节俭。

萧先生一辈子挣的钱不少，都为别人花了。他买了几处"义地"，是专为死后没有葬身之所的穷苦的同行预备的。有唱戏的"苦哈哈"，死了老人，办不了事，到萧先生那儿，磕一个头报丧，萧先生问，"你估摸着，大概其得多少钱，才能把事办了哇？"一面就开箱子取钱。

三反、五反的时候，一个演员被打成了"老虎"，在台上挨斗，斗到热火燎辣的时候，萧先生在台下喊："××，你承认得了，这钱，我给你拿！"

赞曰：

> 窝头白菜，寡欲步行，
> 问心无愧，人间寿星。

## 姜妙香

姜先生真是温柔敦厚到了家了。

他的学生上他家去，他总是站起来，双手当胸捏着扇子，微微弓着身子："您来啦！"临走时，一定送出大门。

他从不生气。有一回陪梅兰芳唱《奇双会》，他的赵宠。穿好了靴子，总觉得不大得劲。"唔，今儿是怎样搞的，怎么总觉得一脚高一脚低的？我的腿有毛病啦？"伸出脚来看看，两只靴子的厚底一只厚二寸，一只二寸二。他的跟包叫申四。他把申四叫过来："老四哎，咱们今儿的靴子拿错了吧？"你猜申四说什么？——"你凑合着穿吧！"

姜先生从不争戏。向来梅先生演《奇双会》，都是他的赵宠。偶尔俞振飞也陪梅先生唱，赵宠就是俞的。管事的说："姜先生，您来个保童。"——"哎好好好。"有时叶盛兰也陪梅先生唱。"姜先生，您来个保童。"——"哎好好好。"

姜先生有一次遇见了劫道的，就是琉璃厂西边北柳巷那儿。那是敌伪的时候。姜先生拿了"戏份儿"回家。那会唱戏都是当天开份儿。戏打住了，管事的就把份儿分好了。姜先生这天赶了两"包"，华乐和长安。冬天，他坐在洋车里，前面挂着棉布帘。"站住！把身上的钱都拿出来！"——他也不知道里面是谁。姜先生不慌不忙地下了车，从左边口袋里掏出一沓（钞票），从右边又掏出了一沓。"这是我今儿的戏份儿。这是华乐的，这是长安的。都在这儿，一个不少。您点点。"

那位不知点了没有。想来大概是没有。

在上海也遇见过那么一回。"站住，把身浪厢值钿（钱）格物事（东西）才（都）拿出来！"此公把姜先生身上搜刮一空，扬长而去。姜先生在后面喊：

"回来，回来！我这还有一块表哪，您要不要？"

事后，熟人问姜先生："您真是！他走都走了，您干吗还叫他回来？他把您什么都抄走了，您还问'我这还有一块表哪，您要不要？'"

姜妙香答道："他也不容易。"

姜先生有一次似乎是生气了。"文化大革命"，红卫兵上姜先生家去抄家，抄出一双尖头皮鞋，当场把鞋尖给他剁了。姜先生把这双剁了尖、张着大嘴的鞋放在一个显眼的地方。有人来的时候，就指指，摇头。

赞曰：

温柔敦厚，有何不好？
"文革"英雄，愧对此老。

## 贯盛吉

在京剧丑角里，贯盛吉的格调是比较高的。他的表演，自成一格，人称"贯派"。他的念白很特别，每一句话都是高起低收，好像一个孩子在被逼着去做他不情愿做的事情时的嘟囔。他是个"冷面小丑"，北京人所谓"绷着脸逗"。他并不存心逗人乐。他的"哏"是淡淡的，不是北京人所谓"胳肢人"，上海人所谓"硬滑稽"。他的笑料，在使人哄然一笑之后，还能想想，还能回味。有人问他："你怎么这么逗呀？"他说："我没有逗呀，我说的都是实话。""说实话"是丑角艺术的不二法门。说实话而使人笑,才是一个真正的丑角。喜剧的灵魂,是生活,是真实。

不但在台上,在生活里,贯盛吉也是那么逗。临死了,还逗。

他死的时候,才四十岁,太可惜了。

他死于心脏病,病了很长时间。

家里人知道他的病不治了,已经为他准备了后事,买了"装裹"——即寿衣。他有一天叫家里人给他穿戴起来。都穿齐全了,说:"给我拿个镜子来。"

他照照镜子:"唔,就这德行呀!"

有一天,他让家里给他请一台和尚,在他的面前给他放一台焰口。

他跟朋友说:"活着,听焰口,有谁这么干过没有?——没有。"

有一天,他很不好了,家里忙着,怕他今天过不去。他瓮声瓮气地说:"你们别忙。今儿我不走。今儿外面下雨,我没有伞。"

一个人能够病危的时候还能保持生气盎然的幽默感,能够拿死来"开逗",真是不容易。这是一个真正的丑角,一生一世都是丑角。

赞曰:

> 拿死开逗,滑稽之雄。
> 虽东方朔,无此优容。

## 郝寿臣

郝老受聘为北京市戏校校长。就职的那天,对学生讲话。他拿着秘书替他写好的稿子,讲了一气。讲到要知道旧社会的苦,才知道新社会的甜。旧社会的梨园行,不养小,不养老。多少艺人,唱了一辈子戏,临了是倒卧街头,冻饿而死。说到这里,郝校长非常激动,一手高举讲稿,一手指着讲稿,说:

"同学们！他说得真对呀！"

这件事，大家都当笑话传。细想一下，这有什么可笑呢？本来嘛，讲稿是秘书捉刀，这是明摆着的事。自己戳穿，有什么丢人？倒是"他说得真对呀"，才真是本人说出的一句实话。这没有什么可笑。这正是前辈的不可及处：老老实实，不装门面。

许多大干部作大报告，在台上手舞足蹈、口若悬河，其实都应该学学郝老，在适当的时候，用手指指秘书所拟讲稿，说：

"同志们！他说得真对呀！"

赞曰：

*人为立言，己不居功。*

*老老实实，古道可风。*

（初刊于一九八一年）

## 一代才人未尽才

### ——怀念裘盛戎同志

京剧真也好像有一种"气运"。和盛戎同时，中国出现了好些好演员，如：李少春、叶盛兰……他们岁数差不多，天赋、功夫、修养都是上乘。他们都很有创造性。他们是戏曲界的一些才子，京剧界的一代才人。但都因为身心受到长期摧残，过早地凋谢了。郭沫若同志曾借别人挽夏完淳的一句诗来挽闻一多先生："千古文章未尽才。"我在《裘盛戎》剧本中曾通过盛戎的几个挚友之口，对京剧界的一代才人表示了悼念："昨日的故人已不在，昨日的花还在开……问大地怎把沉冤载，有多少，有多少才人未尽才！"有才未尽，宁非恨事！

我和盛戎相知不久。我们一共只合作过两个戏，一个《杜鹃山》、一个小戏《雪花飘》，都是现代戏。

盛戎是听党的话的。党号召演现代戏，他首先欣然响应。我和盛戎最初认识就是和他（还有几个别的人）到天津去看戏——好像就是《杜鹃山》。演员知道裘盛戎来看戏，都"卯上"了。散了戏，我们到后台给演员道辛苦，盛戎拙于言辞，但是他的态度是诚恳的、朴素的，他的谦虚是由衷的谦虚。他是真心实意地来向人家学习来了。回旅馆的路上，他买了几套煎饼馃子摊鸡蛋，有滋有味地吃起来。他咬着煎饼馃子的样子，表现了很喜悦的怀旧之情和一种天真的童心。我一下子对这个京剧大演员产生了好感。一个搞艺术的人，没有一点童心是不行的。盛戎睡得很晚。晚上他一个人盘腿坐在床上抽烟，一边好像想着什么事，有点出神，有点迷迷糊糊的。不知是为什么，我以后总觉得盛戎的许多唱腔、唱法、身段,就是在这么盘腿坐着的时候想出来的。

盛戎的身体早就不大好。他曾经跟我说过:"老汪唉,你别看我外面还好,这里面——都娄啦!"搞《雪花飘》的时候,他那几天不舒服,但还是跟着我们一同去体验生活。《雪花飘》是根据浩然同志的小说改编的,写的是一个送公用电话的老人的事。我们去访问了政协礼堂附近的一位送电话的老人。这家只有老两口。老头子六十大几了,一脸的白胡茬,还骑着自行车到处送电话。他的老伴很得意地说:"头两个月他还骑着二八的车哪,这最近才弄了一辆二六的!"这一家房子很仄逼,但是裱糊得四白落地,墙上贴了好些字条,都是打电话来的人留下的话和各种各样备忘性质的资料,如火车的时刻表、医院地址、二十四节气……两位老人有一个共同的嗜好:养花。那是"十一"前后,满地下摆的都是九花。盛戎在这间屋里坐了好大一会儿,还随着老头子送了一个电话。

《雪花飘》排得很快,一个星期左右,戏就出来了。幕一打开,盛戎唱了四句带点马派味儿的〔散板〕:

> 打罢了新春六十七哟,
> 看了五年电话机。
> 传呼一千八百日,
> 舒筋活血,强似下棋!

我和导演刘雪涛一听,都觉得"真是这里的事儿"!

《杜鹃山》搞过两次。一次是六四年,一次是六九年。六九年那次我们到湘鄂赣体验了较长时期生活。我和盛戎那时都是"控制使用",他的心情自然不太好。那时强调军事化,大家穿了"价拨"的旧军大衣,背着行李,排着队。盛戎也一样,没有一点特殊。他总是默默地跟着队伍走，不大说话。但倒也不是整天愁眉苦脸的。我很能理解他的心情。虽然是"控制使用"，但还能戴罪立功，可以工作，可以演戏，他在心里又是很感激的。我觉得从那时起，盛戎发生了一点变化，他变得深沉起来。盛戎平常也是个有说有笑的人，有时也爱逗个乐，但从那以后，我就很少见他有笑影了。他好像总是在想什么心事。用一句老戏词说："满怀心腹事，尽在不言中。"他的这种神气，一直到他死，还深深地留在我的印象里。

那趟体验生活，是够苦的。南方的冬天比北方更难受。不生火，墙壁屋瓦都很单薄。那年的天气也特别，我们在安源过的春节，旧历大年三十，下大雪，同时却又还打雷，下雹子，下大雨，一块儿来！这种天气我还是头一次见哩。盛戎晚上不再穷聊了，他早早就进了被窝。这老兄！他连毛窝都不脱，就这样连着毛窝睡了。但他还是坚持下来了，没有叫一句苦。

和盛戎合作，是非常愉快的。盛戎很少对剧本提意见。他不是不当一回事，没有考虑过，或者提不出意见。盛戎文化不高，他读剧本是有点吃力的。但是他反复地读，盘着腿读。我记得他那读剧本的神气。他读着，微微地摇着脑袋。他的目光有时从老花镜上面射出框外。他摇晃着脑袋，有时轻轻地发出一声："唔。"有时甚至拍着大腿，大声喊叫："唔！"戏曲界有一个很通俗、很形象的说法，把演员"入了戏""进入了角色"，叫作"附了体"。盛戎真是"附了体"。他对剧作者的尊重完全不是出于礼貌。他是真爱上了这个剧，也爱作者。

我和盛戎从未深谈，我们的素养、身世、经历都很不相同，但是我认为我和盛戎在艺术上是"莫逆"。我没有为任何戏曲演员哭过，但是想起盛戎，泪不能止。

　　盛戎的领悟、理解能力非常之高。他从来不挑"辙口"，你写什么他唱什么。写《雪花飘》时，我跟他商量，这个戏准备让他唱"一七"，他沉吟着说："哎呀，花脸唱闭口字……"我知道他这是"放傻"，就说："你那《秦香莲》是什么辙？"他笑了："'一七'，好，唱'一七'！"盛戎十三道辙都响。有一出戏里有一个"灭"字，这是"乜斜"，"乜斜"是很不好唱的，他照样唱得很响，而且很好听。一个演员十三道辙都响，是很难得的。《杜鹃山》有一场"打长工"，他看到被他当作地主奴才的长工身上的累累伤痕，唱道："他遍体伤痕都是豪绅罪证，我怎能在他的旧伤痕上再加新伤痕？"这是一段〔二六〕转〔流水〕，创腔的时候，我在旁边，说："老兄，这两句你不能就这样'数'了过去！唱到'旧伤痕上'，得有个'过程',就像你当真看到,而且想到一样!"盛戎一听,说:"对!您听听,我再给您来来!"他唱到"旧伤痕上"时唱"散"了,下面加了一个弹拨乐器的单音重复的小"垫头","登、登登……",到"再加新伤痕"再归到原来的"尺寸",而且唱得很强烈。当时参加创腔的唐在炘、熊承旭同志都说:"好极了!"六九年本的《杜鹃山》原来有一大段《烤番薯》,写雷刚被困在山上断了粮,杜小山给他送来两个番薯。他把番薯放在篝火堆里烤着,番薯煳了,烤出了香气,他拾起了番薯,唱道:"手握番薯浑身暖,勾起我多少往事到眼前……"他想起"我从小父母双亡讨米要饭,多亏了街坊邻舍问暖嘘寒",他想起"大革命,造了反,几次遇险在深山,每到有急和有难,都是乡亲接济咱。一块番薯掰两半,曾受深恩三十年!……到如今,山下来了毒蛇胆,杀人放火把父老摧残,我稳坐高山不去管，隔岸观火心怎安！……"（这剧本已经写了十三年了，我手头无打印的剧本，词句全凭记忆追写，可能不尽准确。）创腔的同志对"一块番薯掰两半"不大理解，怕观众听不懂，盛戎说："这有什么不好理解的？！'一块番薯掰两半'，有他吃的就有我吃的！"他把这两句唱得非常感动人，头一句他"虚"着一点唱，在想象，"曾受深恩"，"深恩"用极其深沉浑厚的胸音唱出，"三十年"一泻无余、跌宕不已。盛戎的这两句唱到现在还是绕梁三日，使我一想起就激动。这一段在后台被称为"烤白薯"，板式用的是〔反二黄〕。花脸唱〔反二黄〕虽非创举，当时还是很少见。老北京京剧团的同志对这段"烤白薯"是很少有人忘记的。

后来因为种种原因，台上不"用"裘盛戎了。但他也并不闲着。有人上他家学戏，他总是很认真地说。而且是有教无类，即使那个青年演员条件差,他也还是把着手教。他不上台了,还整天琢磨唱腔。不单花脸,老生、旦角他都研究。他跟我说过:《智取威虎山》的唱腔最好的一句是"支委会上同志们语重心长!"——"心——长——!"就"搁"在那儿了,真好!李勇奇唱的"这些兵急人难治病救命"是一段沉思的唱,盛戎说这要用点"程"的唱法。有一长句,当中有几处演员没有唱出,"交"给胡琴了。他说:"要我唱,我全给它唱出来。"他给我一字一板地唱了一段"程派花脸"。他晚年特别精研气口安排,说:"唱花脸,得用多少气呀!我现在岁数大了,不能傻小子睡凉炕,得在气口上下功夫。"《威虎山》李勇奇唱"扫平那威虎山我一马当先",一般气口处理都是"一马当先!"他说:"我不这样唱,我把'当'字唱到'头里':一马当——先——!'当'字唱在后面,'先'字就没有多少气了,'当'字先出,换一口大气,再唱'先'这才有力!"我从盛戎的话里悟出一个道理:演员的气口不一定要和唱词"句读"一致。——很多剧作者往往在这一点对演员提意见,其实是没有道理的。

盛戎得了病,他并不怎么悲观。他大概已经怀疑或者已经知道是癌症了,跟我说:"甭管它是什么,有病咱们瞧病!"他还想唱戏。有一度他的病好了一些,能出来走走了。有一天,他特别请我和唐在炘、熊承旭到他家里吃了一顿饭。那天的菜很精致而清淡,但他简直没有吃几筷子,话也不多,精神倒还是好的。他还是想和我们把《杜鹃山》再搞出来(《杜鹃山》后来又写了一稿)。他为了清静,一个人搬到厢房里住,好看剧本。这个剧本,他简直不离手,他死后,我才听他家里的人说,他夜里躺在床上看剧本,曾经两次把床头灯的罩子烤着了。他病得很沉重了,有一次还用手在床头到处摸,他的夫人知道他要剧本。剧本不在手边,他的夫人就用报纸卷了一个筒子放在他手里,他这才平静下来,安心了。然而有志未酬,他到了没有能再演《杜鹃山》!他临死前几天,我和在炘、承旭到肿瘤医院去看他,他的学生方荣翔把我们领到他的病床前。他的癌细胞已经扩散到脑子里,烤电把半拉脸都烤煳了。他正在昏昏沉沉地半睡着,荣翔轻轻地叫了他两声,他睁开了眼睛,荣翔指指我,问:"您还认得吗?"盛戎在枕上微微点了点头,说了一个字"汪",随即从眼角流出了一大滴眼泪。这一滴眼泪,我永远也忘不了啊。

什么时候才能再出一个裘盛戎呢?

一九八三年一月

## 裘盛戎二三事

我与裘盛戎未及深交，真是憾事。

和盛戎合作，是很愉快的。他对人、对艺术，都很诚恳。他的虚心是真正的虚心。他读剧本是很仔细的。我在武昌，常看见他一个字一个字慢慢地看剧本，盘腿坐在床上，戴着花镜。他对剧本不挑剔，不为自己在台上"合适"而提出一些难予照办的意见。跟他合作，不会因为缺乏共同语言而痛苦。

盛戎不挑辙口。一个演员，十三道辙都响，很不容易。有一个戏里有个"灭"字，正在要紧的地方。这个字是很不好发声的。盛戎把它唱得很响，很突出，很好听。在搞《雪花飘》之前,我跟他商量用辙,说这个戏想用"一七"辙。他放了一会儿傻,说:"哎呀,花脸唱闭口音……"我说:"你那个《铡美案》是怎么唱的?"他冲着我点点手,笑了。

盛戎花了很多工夫研究唱法,晚年用力尤勤。他曾跟我说:"花脸唱一出戏要用多少'气'呀!我现在这个岁数,不能像年轻时那样唱。"他常在家里听录音。不仅是花脸,旦角、老生,他都听,都琢磨。他说:"《智取威虎山》里,'支委会上同志们语重心长'这一句的腔最好。'心……长!'的'长'字就搁在这儿了,真好!"他对气口的处理有独到之处。《智取》里李勇奇的"扫平那威虎山我一马当先",按照花脸的一般唱法,都是在"一马"之后换气。盛戎说:"叫我唱,我不这样。"他给我唱了一遍。他在唱到"一马"的矫矢回旋的唱腔之后,倾全力唱出"先"字。他说"一马"之后,不缓气,随即把

"当"字吐出,然后吸足一口气,倾全力唱出"先"字。他说"一马"之后缓气,到"先"字就没有劲了。"一马当先"的气势出不来。

盛戎会拉胡琴,会打鼓。这对他的唱很有帮助。会拉胡琴,故能使声乐器乐互相"给劲",相得益彰。会打鼓,故能在节奏上走出必然王国,运用自如。

(初刊于一九八〇年)

## 潘天寿的倔脾气

潘天寿曾到北京开画展,《光明日报》出了一版特刊,刊头由康生题了两行字:

画师魁首

艺苑班头

这使得很多画家不服。

过了几年,"文革"开始,"金棍子"姚文元对潘天寿进行了大批判,称之为"反革命画家"。

康生和姚文元都是"无产阶级司令部"管意识形态的,一前一后,对潘天寿的评价竟然如此悬殊,实在令人难解。康生后来有没有改口,没听说,不过此人善于翻云覆雨,对他说过的话常会赖账,姑且不去管他。姚文元只凭一个画家的画就定人为"反革命",下手实在太狠了。姚文元的批判文章很长,不能悉记,只约略记得说从潘天寿的画来看,他对现实不满,对新社会有刻骨的仇恨等等。

姚文元的话不是一点"道理"没有,潘天寿很少画过歌功颂德的画(偶尔也有,如《运粮图》)。他的画有些是"有情绪"的,他用笔很硬,构图也常反常规,他的名作《雁荡山花》用平行构图,各种山花,排队似的站着,不欹侧取势;用墨也一律是浓墨勾勒,不以浓淡分远近,这些都是画家之大忌。山花茎叶瘦硬,真是"山花",是在少雨露、多沙砾的恶劣环境的石缝中挣扎出来的。然而这些花还是火一样、靛一样使劲地开着,显出顽强坚挺的生命力,这样的山花使一些人得到鼓舞,也使一些人觉得不舒服——如姚文元。

潘天寿画鸟有个特点。一般画鸟,鸟的头

大都是朝着画里，对娇艳的花叶流露出欣喜和感激；潘天寿的鸟都是眼朝画外，似乎愤愤不平，对画里的花花世界不屑一顾。

在展览会上见过他的一幅雏鸡图，题曰"××农场所见"。这是一只半大的雏公鸡，背身，羽毛未丰，肌肉鼓突，一只腿上拖了一只烂草鞋。看了，使人感到这一只小公鸡非常别扭。说潘天寿此画是有感而发，感同身受，我想这不为过分。

姚文元对这样的画恨之入骨，必欲置潘天寿于死地，说明这个既残忍又懦弱的阴谋家还是敏感的。

问题是在画里略抒愤懑，稍发不平之气，可以不可以？

不要使画家都变成如意馆的待诏[1]。

（初刊于一九九七年）

---

1 清代御用画家的一种名称。

## 谭富英佚事

谭富英有时很"逗",有意见不说,却用行动表示。他嫌谭小培给他的零花钱太少了,走到父亲跟前,摔了个硬抢背。谭小培明白,富英的意思是说:你给我的钱太少,我就摔你的儿子!五爷(谭小培行五,梨园行都称之为五爷)连忙说:"哎呀儿子!有话你说!有话说!别这样!"梨园行都说谭小培是个"有福之人"。谭鑫培活着时,他花老爷子的钱;老爷子死了,儿子富英唱红了,他把富英挣的钱全管起来,每月只给富英有数的零花。富英这一抢背,使他觉得对儿子克扣得太紧,是得给长长份儿。

有一年，在哈尔滨唱。第二天谭富英要唱的是重头戏，心里有负担，早早就上了床，可老睡不着。同去的有裘盛戎。他第二天的戏是一出"歇工戏"。盛戎晚上弄了好些人在屋里吃涮羊肉，猜拳对酒，喊叫喧哗，闹到半夜。谭富英这个烦呀！他站到当院唱了一句倒板："听谯楼打九更……""打九更"？大伙一愣，盛戎明白，意思是都这会儿了，你们还这么吵嚷！忙说："谭团长有意见了，咱们小点儿声，小点儿声！"

有一个演员，练功不使劲，谭富英看了摇头。这个演员说："我老了，翻不动了！"谭富英说："对！人生三十古来稀，你是老了！"

谭富英一辈子没少挣钱，但是生活清简。一天就是蜷在沙发里看书，看历史（据说他能把二十四史看下来，恐不可靠），看困了就打个盹，醒来接茬再看，一天不离开他那张沙发。他爱吃油炸的东西，炸油条、炸油饼、炸卷果，都欢喜（谭富英不说"喜欢"，而说"欢喜"）。爱吃鸡蛋，炒鸡蛋、煎荷包蛋、煮鸡蛋，都行。抗美援朝时，他到过朝鲜，部队首长问他们生活上有什么要求？他说想吃一碗蛋炒饭。那时朝鲜没有鸡蛋，部队派吉普车冒着炮火开到丹东，才弄到几个鸡蛋。为此，有人在"文革"中又提起这事。谭富英跟我小声说："我哪儿知道几个鸡蛋要冒这样的危险呀！知道，我就不吃了！"谭富英有个"三不主义"：不娶小、不收徒、不做官。他的为人，梨园行都知道。反党野心家江青对此也了解，但在"文革"中，她却要谭富英退党（谭富英是老党员了）。江青劝退，能够不退吗？谭富英把退党是很当回事的。他生性平和恬淡、宠辱不惊，那一阵可变得少言寡语、闷闷不乐，很久很久，都没有缓过来。

谭富英病重住院。他原有心脏病，这回大概还有其他病并发，已经报了"病危"，服药注射,都不见效。谭富英知道给他开的都是进口药,很贵,就对医生说:"这药留给别人用吧!我用不着了!"终于与世长辞,死得很安静。

赞曰:

> 生老病死,全无所谓。
> 抱恨终生,无端"劝退"。

(初刊于一九九七年)

## 遥寄爱荷华

### ——怀念聂华苓和保罗·安格尔

一九八七年九月,我应安格尔和聂华苓之邀,到爱荷华去参加爱荷华大学"国际写作计划",认识了他们夫妇,成了好朋友。

安格尔是爱荷华人。他是爱荷华城的骄傲。爱荷华的第一国家银行是本城最大的银行,和"写作计划"的关系很密切("国际写作计划"作家的存款都在第一银行开户),每一届"国际写作计划",第一银行都要举行一次盛大的招待酒会。第一银行的墙壁上挂了一些美国伟人的照片或画像。酒会那天,银行特意把安格尔的巨幅淡彩铅笔画像也摆了出来。画像画得很像,很能表现安格尔的神情:爽朗，幽默，机智。安格尔拉了我站在这张画像的两边拍了一张照片。可惜我没有拿到照相人给我加印的一张。

江迪尔是一家很大的农机厂。这家厂里请亨利·摩尔做了一个很大的抽象的铜像，特意在一口湖当中造了一个小岛，把铜像放在岛上。江迪尔农机厂是"国际写作计划"的赞助者之一，每年要招待国际作家一次午宴。在宴会上，经理致辞，说安格尔是美国文学的巨人。

我不熟悉美国文学的情况，尤其是诗，不能评价安格尔在美国当代文学中的位置。我只读过一本他的诗集《中国印象》，是他在中国旅行之后写的，很有感情。他的诗是平易的、好懂的，是自由诗。有一首诗的最后一段只有一行：

中国也有萤火虫吗？

我忽然非常感动。

我真想给他捉两个中国的萤火虫带到美国去。

我三天两头就要上聂华苓家里去,有时甚至天天去。有两天没有去,聂华苓估计我大概一个人在屋里,就会打电话来。我们住在五月花公寓,离聂华苓家很近,五分钟就到了。

聂华苓家在爱荷华河边的一座小山半麓。门口有一块铜牌,竖写了两个隶书:"安寓"。这大概是聂华苓的主意。这是一所比较大的美国中产阶级的房子,买了已经有些年了。木结构。美国的民居很多是木结构,没有围墙,一家一家不挨着。这种木结构的房子也是不能挨着,挨在一起,一家着火,会烧成一片。我在美国看了几处遭了火灾的房子,都不殃及邻舍。和邻舍保持一段距离,这也反映出美国人的以个人主义为基础的文化心理。美国人不愿意别人干扰他们的生活,不讲什么"处街坊",不讲"闻多素心人,乐与数晨夕"。除非得到邀请，美国人不随便上人家"串门儿"。

是一座两层的房子。楼下是聂华苓的书房，有几张中国字画。我给她带去一个我自己画的小条幅，画的是一丛秋海棠、一个草虫，题了两句朱自清先生的诗："解得夕阳无限好，不须惆怅近黄昏。"第二天她就挂在书桌的左侧，以示对我的尊重。

楼上是卧室、厨房、客厅。一上楼梯，对面的墙上在一块很大的印第安人的壁衣上挂满了各个民族、各个地区、各色各样的面具，是安格尔搜集来的。安格尔特别喜爱这些玩意儿。他的书架上、壁炉上，到处都是这一类东西（包括一个黄铜敲成的狗头鸟脚的非洲神像，一些东南亚的皮影戏人形……）。

餐厅的一壁横挂了一柄船桨，上面写满了字。想是安格尔在大学划船比赛获奖的纪念。

一个书柜里放了一张安格尔的照片，坐在一块石头上，很英俊，一个典型的美国年轻的绅士。聂华苓说："我认识他的时候，他就是这个样子！"

南面和西面的墙顶牵满了绿萝。美国很多人家都种这种植物，有的店铺里也种。这玩意儿只要一点土、一点水，就能陆续抽出很长的条，不断生出心脏形的浓绿肥厚的叶子。

白色羊皮面的大沙发是可以移动的。一般是西面、北面各一列，成直角。有时也可以拉过来，在小圆桌周围围成一圈。人多了，可以坐在地毯上。台湾诗人蒋勋好像特爱坐在地毯上。

客厅的一角散放着报纸、刊物、画册。

这是一个舒适、随便的环境，谁到这里都会觉得无拘无束。美国有的人家过于整洁，进门就要脱鞋，又不能抽烟，真是别扭。

安格尔和聂华苓都非常好客。他们家几乎每个晚上都是座上客常满，杯中酒不空。爱荷华是个安静、古板的城市（城市人口六万，其中三万是大学生），没有夜生活。有一个晚上台湾诗人郑愁予喝了不少酒，说他知道有一家表演脱衣舞的地方，要带几个男女青年去看看。不大一会儿，回来了！这家早就关闭了。爱荷华原来有一家放色情片子的电影院，教一些老头儿、老太太轰跑了。夜间无事，因此，家庭聚会就比较多。

"国际写作计划"会期三个月，聂华苓每星期六大都要举行晚宴，招待各国作家。分拨邀请。这一拨请哪些位，那一拨请哪些位，是用心安排的。她邀请中国作家（包括大陆的、台湾的、香港的和在美国的华人作家）次数最多。有些外国作家（主要是说西班牙语的南美作家）有点吃醋，说聂华苓对中国作家偏心。聂华苓听到了，说："那是！"我跟她说："我们是你的娘家人。"——"没错！"

美国的习惯是先喝酒，后吃饭。大概六点来钟，就开始喝。安格尔很爱喝酒，喝威士忌。我去了，也都是喝苏格兰威士忌或伯尔本（美国威士忌）。伯尔本有一点苦味，别具特色。每次都是吃开心果就酒。聂华苓不知买了多少开心果，随时待客，源源不断。有时我去早了，安格尔在他自己屋里，聂华苓在厨房里忙着，我就自己动手，倒一杯先喝起来。他们家放酒和冰块的地方我都知道。一边喝加了冰的威士忌，一边翻阅一大摞华文报纸，蛮惬意。我在安格尔家喝威士忌加在一起，大概不止一箱。我一辈子没有喝过那样多威士忌。有两次，聂华苓说我喝得说话舌头都直了！临离爱荷华前一晚，聂华苓还在我的外面包着羊皮的不锈钢扁酒壶里灌了一壶酒。

晚饭烤牛排的时候多。我爱吃烤得很嫩的牛排。聂华苓说："下次来，我给你一块生牛排，你自己切了吃！"

吃过一次核桃树枝烤的牛肉。核桃树枝是从后面小山上捡的。

美国火锅吃起来很简便。一个长方形的锅子，各人自己涮鸡片、鱼片、肉片……

聂华苓表演了一次豆腐丸子。这是湖北菜。

聂华苓在美国二十多年了，但从里到外，都还是一个中国人。

她有个弟弟也在美国，我听到她和弟弟打电话，说的是地地道道的湖北话！

有一次中国作家聚会，合唱了一支歌"我的家在东北松花江上"。聂华苓是抗战后到台湾的，她会唱相当多这样的救亡歌曲。台湾小说家陈映真、诗人蒋勋，包括年轻的小说家李昂也会唱这支歌。唱得大家心里酸酸的。聂华苓热泪盈眶。

聂华苓是个很容易动感情的人。有一次她与在美的华人友好欢聚，在将近酒阑人散（有人已经穿好外衣）的时候，她忽然感伤起来，失声痛哭，招得几位女士陪她哭了一气。

有一次陈映真的父亲坐一天的汽车，特意

到爱荷华来看望中国作家。老先生年轻时在台湾教学,曾把鲁迅的小说改成戏剧在台演出,大概是在台湾最早介绍鲁迅的学人之一。老先生对祖国怀了极深的感情。陈映真之成为台湾"统派"的代表人物之一,与幼承庭训有关。陈老先生在席间作了热情洋溢的讲话。我听了,一时非常激动,不禁和老先生抱在一起,哭了。聂华苓陪着我们流泪,一面攥着我的手说:"你真好!你真好!你真可爱!"

我跟聂华苓说:"我已经好多年没有哭过了。"

我到美国好像变了一个人。我对聂华苓说:

"我好像脱了一层壳,放开得多了。"

聂华苓说:"那是!"

"这跟和你们相爱有关系!"

"那是!"

我说:"回国之后,我还会缩进壳里去的。"

聂华苓原来叫我"汪老",有一天,对我

说:"我以后不叫你'汪老'了,把你都叫老了!我叫你汪大哥!"我说:"好!"不过似乎以后她还是一直叫我"汪老"。

中国人在客厅里高谈阔论,安格尔是不参加的,他不会汉语。他会说的中国话大概只有一句:"够了!太够了!"一有机会,在给他分菜或倒酒时,他就爱露一露这一句。但我们在聊天时,他有时也在一边听着,而且好像很有兴趣。我跟他不能交谈,但彼此似乎很能交流感情,能够互相欣赏。有一天我去得稍早,用英语跟他说了一句极其普通的问候的话:"你今天看上去气色很好。"他大叫:"华苓!他能说完整的英语!"

安格尔在家时衣着很随便,总是穿一件宽大的紫色睡袍、软底的便鞋,跑来跑去,一会儿回他的卧室,一会儿又到客厅里来。我说他是个无事忙。聂华苓说:"就是,就是!整天忙忙叨叨,busy!busy!不知道他忙什么!"

他忙活的事情之一，是伺候他的那群鹿和浣熊。有一群鹿和浣熊住在"安寓"后山的杂木林里，是野生的，经常到他的后窗外来做客。鹿有时两三只，有时七八只；浣熊一来十好几只，他得为它们准备吃的。鹿吃玉米粒。爱荷华是产玉米的州，玉米粒多的是。鹿都站在较高的山坡上，低头吃玉米粒，忽然又扬起头来很警惕地向窗户里看一眼。浣熊吃面包。浣熊憨头憨脑，长得有点像熊猫，胆小。但是在它们专心吃面包片时，就不顾一切了。美国面包隔了夜，就会降价处理，很便宜。聂华苓隔一两天就要开车去买面包。"浣熊吃，我们也吃！"鹿和浣熊光临，便是神圣的时刻。安格尔深情地注视窗外，一面伸出指头示意：不许作声！鄂温克族作家乌热尔图是猎人，看着窗外的鹿，说："我要是有一杆枪，一枪就能打倒一只。"安格尔瞪着灰蓝色的眼睛说："你要是拿枪打它，我就拿枪打你！"

安格尔是个心地善良、脾气很好、快乐的老人，是个老天真。他爱大笑，大喊大叫，一边叫着笑着，一边还要用两只手拍着桌子。

他很爱聂华苓，老是爱说他和聂华苓恋爱的经过：他在台北举行酒会，聂华苓在酒会上没有和他说话。聂华苓要走了，安格尔问她："你为什么不理我？"聂华苓说："你是主人，你不主动找我说话，我怎么理你？"后来，安格尔约聂华苓一同到日本去，聂华苓心想：一个外国人，约我到日本去？她还是同意了。到了日本，又到了新加坡、菲律宾……后来呢？后来他们就结婚了。他大概忘了，他已经跟我说过一次他的罗曼史。我告诉蒋勋，我已经听他说过了，蒋勋说："我已经听过五次！"他一说起这一段，聂华苓就制止他："No more！ No more！"

聂华苓从客厅走回她的卧室，安格尔指指她的背影，悄悄地跟我说：

"她是一个了不起的女人!"

十二月中旬,我到纽约、华盛顿、费城、波士顿走了一圈。走的时候正是爱荷华的红叶最好的时候,橡树、元宝枫、日本枫……层层叠叠,如火如荼。

回到爱荷华,红叶已经落光,这么快!

我是年底回国的。离开爱荷华那天下了大雪,爱荷华一点声音没有。

一九八八年,安格尔和聂华苓访问了大陆一次。作协外联部不知道是哪位出了一个主意,不在外面宴请他们,让我在家里亲手给他们做一顿饭,我说:"行!"聂华苓在美国时就一直希望吃到我做的菜(我在她家里只做过一次炸酱面),这回如愿以偿了。我给他们做了几个什么菜,已经记不清了,只记得有一碗扬州煮干丝、一个钎瓜皮,大概还有一盘干煸牛肉丝,其余的,想不起来了。那天是蒋勋和他们一起来的。聂华苓吃得很开心,最后端起大碗,连煮干丝的汤也喝得光光的。安格尔那天也很高兴，因为我还有一瓶伯尔本，他到大陆，老是茅台酒、五粮液，他喝不惯。我给他斟酒时，他又找到机会亮了他的唯一的一句中国话：

"够了！太够了！"

一九九〇年初秋，我有个亲戚到爱荷华去（他在爱荷华大学读书），我和老伴请他带了两件礼物给聂华苓，一个仿楚器云纹朱红漆盒，一件彩色扎花印染的纯棉衣料。她非常喜欢，对安格尔说："这真是汪曾祺！"

安格尔因心脏病突发，在芝加哥去世。大概是一九九一年初。

安格尔去世后，我和聂华苓没有通过信。她现在怎么生活呢？前天给她寄去一张贺年卡，写了几句话，信封上写的是她原来的地址，也不知道她能不能收到。

一九九一年十二月二十日

## 林斤澜！哈哈哈哈……

林斤澜这个名字很怪。他原名庆澜，意思是庆祝河水安澜，大概生他那年他们家乡曾遭过一次水灾，后来水退了。不知从哪年，他自己改名"斤澜"。我跟他说过，"斤澜"没讲，他也说：没讲！他们家的人名字都有点怪。夫人叫"古叶"，女儿叫"布谷"。大概都是他给起的。斤澜好怪，好与众不同。他的《矮凳桥风情》里有三个女孩子，三姐妹叫笑翼、笑耳、笑杉。小城镇哪里会有这样的名字呢？我琢磨了很久，才恍然大悟：原来只是小一、小二、小三。笑翼的妈妈给儿女起名字时不会起这样的怪名字的，这都是林斤澜搞的鬼。夏尚质，周尚文，林尚怪。林斤澜被称为"怪味葫豆"，罪有应得。

斤澜曾患心脏病，三十岁就得过一次心肌梗死。后来又得过一次，但都活下来了。六十岁时他就说过他活得已经够了本，再活就是白饶。斤澜的身体不算好，但他不在乎。我这些年出外旅游，总是"逢高不上，遇山而止"，斤澜则是有山就爬。他慢条斯理的，一步一步地走，还误不了看山看水，结果总是他头一个到山顶。一览众山小，笑看众头低。他应该节制饮食，但是他不，每有小聚，他都是谈笑风生，饮啖自若。不论是黄酒、白酒、葡萄酒、啤酒，全都招呼。最近有一次，他同时喝了三种酒。人常说酒喝杂了不好，斤澜说："没事！"斤澜爱吃肉。"三天不吃肉就觉得难受。"他吃肉不讲究部位，冰糖肘子、腌笃鲜、蒜泥白肉，都行。他爱吃猪头肉，尤其爱吃"拱嘴"——猪鼻子，以为乃人间之"大美"。他是温州人，说起生吃海鲜，眉飞色舞。吃海鲜，喝黄酒，嘿！不过温州的"老酒汗"（黄酒再蒸一次）我实在喝不出好来。温州人还有一种喝法，在黄酒里加鸡蛋，煮热，这算什么酒！斤澜的吃喝是很平民化的。我和他曾在屯溪街头一小吃店的檐下，就一盘煮螺蛳，一人喝了两瓶加饭。他爱吃豆腐，老豆腐、嫩豆腐、毛豆腐、臭豆腐，都好。煎炒煮炸，都好。我陪他在乐山小饭馆吃了乡坝头上的菜豆花，好！

斤澜的生活是很平民化的。他不爱洗什么桑拿浴，愿意在澡堂的大池子里（水很烫）泡一泡，泡得大汗淋漓，浑身作嫩红色。他大概是有几身西服的，但我从未见过他穿了整齐的套服，打了领带。他爱穿夹克，里面是条纹格子衬衫。衬衫就是街上买的，棉料的多，颜色倒是不怕花哨。

斤澜的平民化生活习惯来自他对生活的平

民意识。这种平民意识当然会渗入他的作品。

斤澜的哈哈笑是很有名的。这是他的保护色。斤澜每遇有人提到某人、某事,不想表态,就把提问者的原话重复一次,然后就殿以哈哈的笑声。"×××,哈哈哈哈……""这件事,哈哈哈哈……"把想要从口中掏出他的真实看法的新闻记者之类的人弄得莫名其妙,斤澜这种使人摸不着头脑抓不住尾巴的笑声,使他摆脱了尴尬,而且得到一层安全的甲壳。在反"右派"运动中,他就是这样应付过来的。林斤澜不被打成"右派",是无天理,因此我说他是"漏网'右派'",他也欣然接受。

斤澜极少臧否人物,但是是非清楚、爱憎分明。他一直在北京市文联工作,对市文联的领导、一般干部的遗闻佚事了如指掌。比如他对老舍挨斗,是他亲眼所见、亲耳所闻,揭发批判老舍的人是赖也赖不掉的。他觉得萧军有骨头有侠气,真是一条汉子。红卫兵想要萧军低头认罪，萧军就是不低头，两腿直立，如同生了根。萧军没有动手，他说："我要是一动手，七八个小青年就得趴下。"红卫兵斗骆宾基，萧军说："你们谁敢动骆宾基一根毫毛！"京剧演员荀慧生病重，是萧军背着他上车的。"文革"后，文联作协批斗浩然，斤澜听着，忽然大叫："浩然是好人哪！"当场昏厥。斤澜平时似很温和，总是含笑看世界，但他的感情是非常强烈的。

斤澜对青年作家（现在都已是中年了）是很关心的。对他们的作品几乎一篇不落地都看了，包括一些评论家的不断花样翻新，用一种不中不西稀里古怪的语言所写的论文。他看得很仔细，能用这种古怪语言和他们对话。这一点，他比我强得多。

林斤澜！哈哈哈哈……

（初刊于一九九七年）

## 铁凝印象

"我对给他人写印象记一直持谨慎态度,我以为真正理解一个人是困难的,通过一篇短文便对一个人下结论则更显得滑稽。"[1]铁凝说得很对。我接受了让我写写铁凝的任务,但是到快交卷的时候,想了想,我其实并不了解铁凝。也没有更多的时间温习一下一些印象的片段,考虑考虑。文章发排在即,只好匆匆忙忙把一枚没有结熟的"生疙瘩"送到读者面前——张家口一带把不熟的瓜果叫作"生疙瘩"。

---

1 《铁凝文集·五·写在卷首》。

四次作代会期间,有一位较铁凝年长的作家问铁凝:"铁凝,你是姓铁吗?"她正儿八经地回答:"是呀。"这是一点小狡狯。她不姓铁,姓屈,屈原的屈。我不知道她为什么不告诉那年纪稍长的作家实话。姓屈,很好嘛!她父亲作画署名"铁扬",她们姊妹就跟着一起姓起铁来。铁凝有一个值得叫人羡慕的家庭,一个艺术的家庭。铁凝是在一个艺术的环境长大的。铁扬是个"不凡"的画家。——铁凝拿了我在石家庄写的大字对联给铁扬看,铁扬说了两个字:"不凡。"我很喜欢这个高度概括,无可再简的评语,这两个字我可以回赠铁扬,也同样可以回赠给他的女儿。铁凝的母亲是教音乐的。铁扬夫妇是更叫人羡慕的,因他们生了铁凝这样的女儿。"生子当如孙仲谋",生女当如屈铁凝。上帝对铁扬一家好像特别钟爱。且不说别的,铁凝每天要供应父亲一瓶啤酒。一瓶啤酒,能值几何?但是倒在啤酒杯里的是女儿的爱!

　　上帝在人的样本里挑了一个最好的,造成了铁凝。又聪明,又好看。四次作代会之后,作协组织了一场晚会,让有模有样的作家登台亮相。策划这场晚会的是疯疯癫癫的张辛欣和《人民文学》的一个胖胖乎乎的女编辑——对不起,我忘了她叫什么。二位一致认为,一定得让铁凝出台。那位小胖子也是小疯子的编辑说:"女作家里,我认为最漂亮的是铁凝!"我准备投她一票,但我没有表态,因为女作家选美,不干我这大老头儿什么事。

　　铁凝长得不高不矮,不胖不瘦。两腿修长,双足秀美,行步动作都很矫健轻快。假如要用最简练的语言形容铁凝的体态,只有两个最普通的字:挺拔。她面部线条清楚,不是圆乎乎地像一颗大青白杏儿。眉浓而稍直,眼亮而略狭长。不论什么时候都是精精神神、清清爽爽的,好像是刚刚洗了一个澡。我见过铁凝的一些照片。她的照片大致可分为两类。一类是露齿而笑的。不是"巧笑倩兮"那样自我欣赏，也叫人欣赏的"巧笑"，而是坦率真诚、胸无渣滓的开怀一笑。一类是略带忧郁地沉思。大概这是同时写在她的眉宇间的性格的两个方面。她有时表现出有点像英格丽·褒曼的气质，天生的纯净和高雅。有一张放大的照片，梳着蓬松的鬈发（铁凝很少梳这样的发型），很像费雯丽。当我告诉铁凝，铁凝笑了，说："又说我像费雯丽，你把我越说越美了。"她没有表示反对。但是铁凝不是英格丽·褒曼，也不是费雯丽，铁凝就是铁凝，世间只有一个铁凝。

铁凝胆子很大。我没想到她爱玩枪，而且枪打得不错。她大概也敢骑马！她还会开汽车。在她挂职到涞水期间，有一次乘车回涞水，从驾驶员手里接过方向盘，呼呼就开起来。后排坐着两个干部，一个歪着脑袋睡着了，另一个推醒了他，说："快醒醒！你知道谁在开车吗？——铁凝！"睡着了的干部两眼一睁，睡意全消。把性命交给这么个姑奶奶手上，那可太玄乎了！她什么都敢干。她写东西也是这样：什么都敢写。

铁凝爱说爱笑。她不是腼腆的，不是矜持渊默的，但也不是家雀一样叽叽喳喳，吵起来没个完。有一次我说了一个嘲笑河北人的有点粗俗的笑话：一个保定老乡到北京，坐电车，车门关得急，把他夹住了。老乡大叫："夹住俺腚了！夹住俺腚了！"售票员问："怎么啦！"——"夹住俺腚了！"售票员明白了，说："北京这不叫腚。"——"叫什么？"——"叫屁股。"——"哦！"——"老大爷你买票吧。您到哪儿呀？"——"安屁股门！"铁凝大笑，她给续了一段："车开了，车上人多，车门被挤开了，老乡被挤下去了——哦，自动的！"铁凝很有幽默感。这在女作家里是比较少见的。

　　关于铁凝的作品，我不想多谈，因为我只看过一部分，没有时间通读一遍，就印象言，铁凝的小说也可以大致分为两类。一类是像《哦，香雪》一样清新秀润的。"清新"二字被人用滥了，其实这是很不容易做到的。河北省作家当得起清新二字的，我看只有两个人，一是孙犁，一是铁凝。这一类作品抒情性强，笔下含蓄。另一类，则是社会性较强的，笔下比较老辣。像《玫瑰门》里的若干章节，如"生吃大黄猫"，下笔实可谓带着点残忍，惊心动魄。王蒙深为铁凝丢失了清新而惋惜，我见稍有不同。现实生活有时是梦，有时是严酷的、粗粝的。对粗粝的生活只能用粗粝的笔触写之。即使是女作家，也不能一辈子只是写"女郎诗"。我以为铁凝小说有时亦有男子气，这正是她在走向成熟的路上迈出的坚实的一步。

我很希望能和铁凝相处一段时间,仔仔细细读一遍她的全部作品,好好地写一写她,但是恐怕没有这样的机遇。而且一个人感觉到有人对她跟踪观察,便会不自然起来。那么到哪儿算哪儿吧。

> 一九九七年五月八日凌晨